河出文庫

# 娘に語るお父さんの戦記

## 小さな天国の話

水木しげる

JN072221

河出書房新社

## 目次

# 娘に語るお父さんの戦記

## 小さな天国の話

# 入隊

愛国婦

お父さんが二十歳前のころは、「戦争」というのがあって、「ゼイタクは敵だ」

というようなポスターなんかが駅にはり出されており、旅行なんかもあまりできなかった。

「太平洋戦争」という大きな戦争が始まると、結婚式とか正月以外あまり笑う人もいなかったようだったから、お父さんも一カ月に一度位しか笑わないようにしていた。

新聞や町の広場には、

「ほしがりません勝つまでは」

という標語がやたらにはられており、物を欲しがると「国賊」だとののしられる時代だった。なんでも、我慢しなければいけなかった。あまりしゃれた格好をしていると、「国防婦人会」だか「愛国婦人会」だかというのがあって、肩をたたかれ、

「華美《かび》な服装は自粛《じしゅく》いたしましょう」

とやられる。そまつな格好をして笑わずにあるいていると、「戦時型」ということになるのだろう。誰も文句を言わなかった。

夜は「燈火管制《とうかかんせい》」というのがあって、窓に黒幕をぶら下げ、電球には下だけ照らすようにメガホンみたいなものをかぶせる。そうしないと、敵の飛行機がきて、爆弾を落とすかもしれない、ということだった。

うっかりあるくと柱に頭をぶつけたりするから、あなぐまかなにかのように、ノソノソとあるく。ラジオをひねると（そのころはテレビはない）、軍歌とか、感心するような話と配給の話ぐらいで、たのしいことはなに一つない。

たまに劇があると天皇に忠節《ちゅうせつ》をつくす美談ばかり。朝はゲンコツ体操だか建国体操だかというのが町内会に流行し、午前五時になると、太鼓がなり、この太鼓にあわせて、

「ヤー　ヤー」

と体操する。朝もボヤボヤ寝てられないし、菓子屋なんかも、菓子なんか一つもなく、ただホコリのたまったビンが置いてあるだけだった。

不要品交換會

そのころの恐怖は、「赤紙《あかがみ》」という魔法の紙だった。これがくると軍隊にゆくことになっていたから、一般の人は、西洋の中世の魔女裁判で「魔女」だと指名されたような恐怖をおぼえたものだ。もっとも、誰も口には出していわなかったが……。

二、三日前も、二、三軒先の家の主人が魔法の紙を受け取って、町内会の人たちに送られて、しょんぼりとどこかへ消えて行ったから、いずれはお父さんにも、赤い鳥でない赤い紙がやってくるだろうと思っていた。

不思議なことには、その「赤い紙」をもらった人を見送る人たちは外見だけかもしれないが、ヤケに元気で、勇ましい歌をうたって見送ったものだ。それはなにもお父さんの町だけではなく、時々汽車に乗ってみると、いたる所で見られることだった。送られる人が青ざめてうつむいているのに、送る人は面白くもない軍歌を大声でうたっていたものだ。

ある日突然、その「赤い紙」がお父さんのところへ舞い込んできた。よくみると、「召集令状《しょうしゅうれいじょう》」と書いてあった。

いつかは赤い紙がくるとは思っていたが、きてみると、ばかに早すぎるような気がした。お父さんが二十一歳の時のことだ。

そのころには、手廻《てまわ》しよく、前から学校を休んで本を読んでいた。別に本を読んだからって、気持よく死ねるというわけではない。本の中には各人各様の意見があるばかりで、死への解決みたいなものはなにも得られないまま、死神レースのスタートに着《つ》かせられた感じだった。

おばあちゃん（お父さんのお母さん）たちは、ただオロオロするばかりで、やたらうまいものを食べさせようとするしか方法もないようなふうだったが配給制といって、なんでも少しずつしかものの買えない時代だったから、うまいものはなにもなかった。

別に赤い紙がきたからって妙案《みようあん》もない。だまって従うしかない。赤い紙がきているのに逃げ出したりすると、非国民とか国賊とかいってののしられ、世間に顔むけができなくされるのだ。オソロシイことだ。

まあ、そのころにくらべると、今の世の中はありがたい。誰がどうして作ったのか知らないが、地獄みたいな世の中だった。

赤い紙がくると入獄、いや「入営《にゆうえい》」といって、鳥取の連隊に入らなければならなかった。

やがて二、三日すると、町内の人が手に手に旗をもち、たいしてうまいものも食った。

祝
應徵
磯野

祝
歓送
小山
祝

てないのに、大きな声を出して見送る。当時軍隊に入る人を、気違いのようになって送るのが町内のしきたりだった。

お父さんと八百屋の手伝いをしていた少年と二人が、町内の橋の上でミカン箱を二つならべた上に立たされた。体には、ナナメに「祝入営」とかいたタスキをかけさせられていた。二人とも墓場にゆくような気持でいたから、ミカン箱の上に立った時は、魔女裁判の魔女に指名された女のような顔色だった。しかし表面は元気そうにしていた。

元気のいい町内会長が、ニコニコして、銃後は引きうけたというような、分かったような分からないようなことをいい、お父さんは、

「皆さん、御国のためにがんばってきます」

といった。これは軍隊に入る前にいうしきたりだった。手に手に近所の人が旗をもって、大きな声で軍歌である。中には、鯉のぼりまで持ち出しての見送りである。

いまでは信じられないような行事が終ると、やっと汽車に乗せてもらえる。しかし、ここで歓呼《かんこ》の声といって、バンザイを三唱したりしてとてもやかましい。窓からニコヤカに見送りの人に応えなければならない。お父さんは、汽車がポーッといって動き

出した時はほっとした。やっと静かになれたのだ。

さて、軍隊に入ると、朝がバカに早い。五時ごろにたたき起こされ、一日中訓練で、便所にも行けない。とくに大便は、起床の前にすませなければいけない。そうしないと、一週間分の糞《くそ》を腹の中に入れて走り廻らなければいけないことにもなる。

お父さんは、朝早く起きるのは苦しいけど、大便をせずに生活するのはなお苦しい。点呼《てんこ》（朝、人員を調べるのを点呼という）前に起きて、便所に入って糞をすると、ものすごい大きなのが出かけた。しかも固くて長い。と同時に起床ラッパである。どうやら大切な時計が三十分遅れていたらしい。一週間分の大便が自然に出かかっている。これを切って点呼にはせつけるべきかしばらく考えたが、お父さんは軍律《ぐんりつ》よりも自然に従うことにした。

営庭《えいてい》にはせつけた時には、班長が真っ青になって、

「番号‼」「番号‼」

をくりかえしている。一人たりないので、脱走したとでも思ったらしい。四十八、四十九……。

お父さんは走っていって、

「五十ッ」

といった。一瞬、中隊じゅうがホッとしたように感じられた。

「おい、お前ここへ残っとれ」

点呼後、班長はきびしい顔つきでなぜ点呼におくれたかときいた。お父さんは、細かく、大便の出るさまを語り、

「点呼のラッパが鳴った時あまりにも太いやつで、自分の肛門《こうもん》の力で切ることができず、しかたなく紙で糞をつまんで折りましたが、折ってもまだ五センチ肛門からはみ出しており、内がわに吸いこもうとしましたがどうにもなりませんでした」

と説明した。そういう時だけお父さんは生々《いきいき》とし、身ぶり、手まねで説明した。すなわち、そういう時だけおかしな生きがいを感ずるのだ。

おそらく半殺しの目にあうだろうと、みんなかたずをのんで見ていたが、班長は百姓だったから、糞には理解があり(昔の百姓は糞を畑にまいていた)、

「そうか」

の一言でゆるされた。

ある時、お父さんが演習から帰ると、枕に魚の絵が書いてあった。

「班長殿これはなんですか。今日タイヤキの配給でもあるんですか」

というと、

「魚が水がほしいとよ」

といって笑っている。

「魚が水がほしい？」

「センタクしろということだよ」

といわれた。

なるほど、枕をみると、お父さんの枕が一番黒かった。

そのころは、毎日鳥取の近くの浜坂《はまさか》という大きな砂丘まで歩いて行き、訓練させられた。

砂の中を歩いていると、靴の中に、どこからともなく砂がたくさん入ってくる。しまいには靴の中を砂が占領しようとするのだろう、足が痛くなり、最後には苦しくなる。足が砂のためにとれてしまうのじゃあないかと思うころ、いつも夕方になり、帰路につく。砂は一粒ずつ靴から出るのだろう。鳥取の連隊に着くまでに、靴の中に砂は一粒も残らなくなる。

どうして靴から砂がもれるのか。靴をみても、とても入りそうな穴もないし、靴は編上《あみあ》げの上にゲートルと称するものを巻くから、上からは入るわけがない。

そんなことを寝ながら考えていると、いきなりラッパが三度鳴った。「非常呼集《ひじょうこしゅう》」といってすぐ完全軍装して外に集まる知らせだ。完全軍装というのは、すべてのものを身につけなければいけない。

用意してないところへもってきて、夜で真っ暗である。その上、考えなくてもよいことを毎日考えているから、どこに大切なものがあるやらサッパリ分からない。完全軍装をして外に出ようとした時は誰もいなかった。

また、鉄砲を掃除し終る時、引金を引いておかないとバネが長もちしないというので、いつも引金を引くことになっていた。

さてその引金も、入隊して一カ月もすると、毎日なぐられるから、忘れる者も少なくなる。寝てから不寝番《ふしんばん》が調べる。どうしたわけか、いつもお父さんの鉄砲だけ、カチッと音がする。鉄砲を掃除したあと引金を引いていないからだ。音がするたびに、上等兵が猛犬のようにとびついてくる。ビンタである。

お父さんは三カ月の間一日もかかさず引金を忘れたため、新記録を作ってしまい、

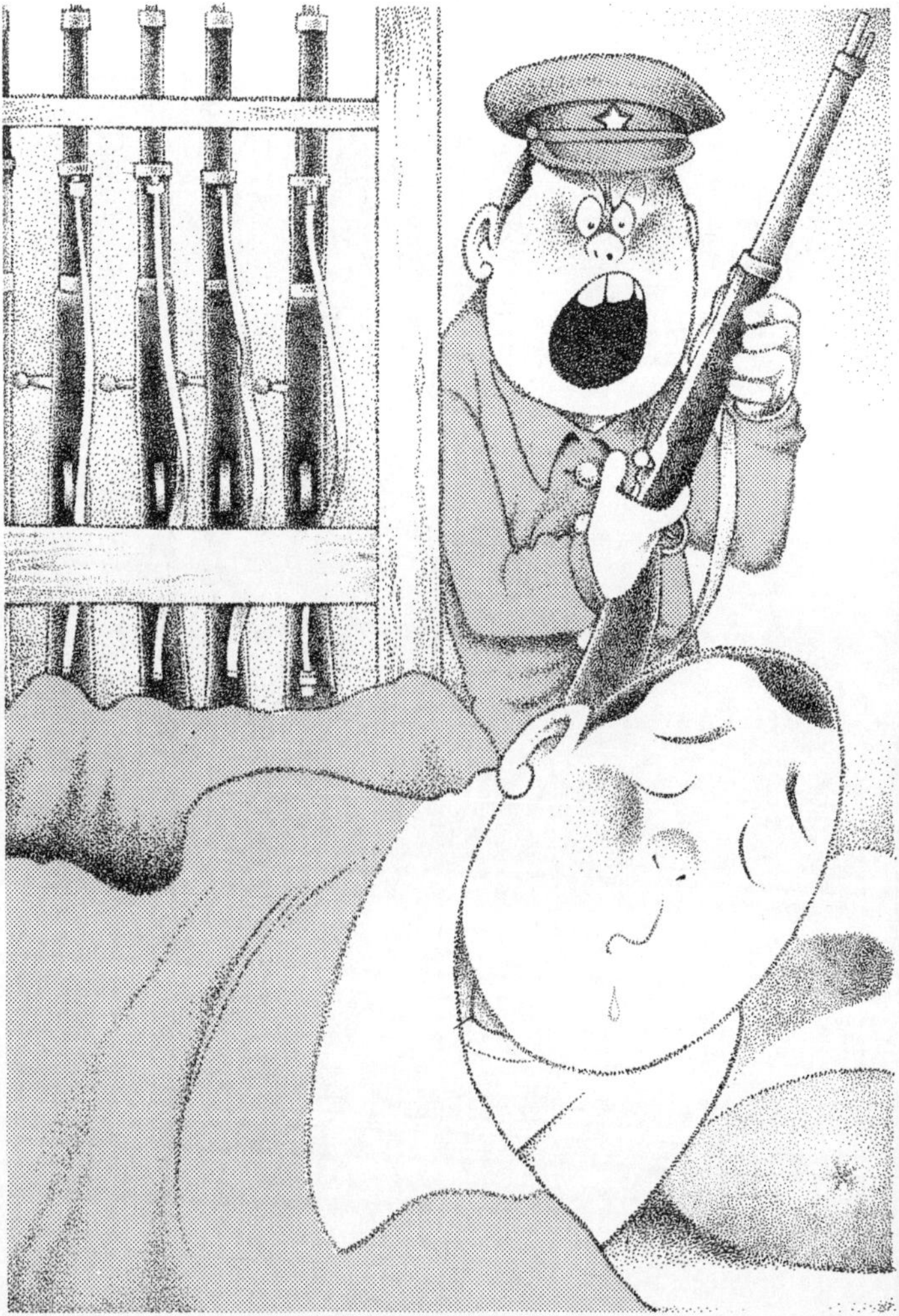

オカシイということになったのだろう。それ以後あまりいわれなくなった。こっそりと上等兵どのがなおしてくれてるのだった。

やがて夏になると、夜も砂丘に泊りこみで訓練である。星の輝いた夜、砂丘で波の音を聞いていると、どこか異界にきたような気持になる。

教官はある夜、砂丘の上に円陣を作らせ、面白い歌を聞かせてやると歌い出した。

おれが死んだら
三途《さんず》の川でヨ——
鬼をあつめて
相撲とるよ——

椰子《やし》の葉《は》陰《かげ》で
昼寝をすればヨ——
ワニが出てきて
キスをするヨ——

万里の長城で
　小便すればヨ――
日本までとどく
　虹がたつよ――

どうせやるなら
　でっかいことなされヨ――
世界を質《しち》において
　飲みたおせヨ――

おれが死んだら
　靖国《やすくに》神社へヨ――
花が咲くころ
　会いにこいヨ――

誰が発明したのか知らないが、この死の臭いのする歌を、三途の川原のような砂上で聞かされると、さすがにみな、これからの運命を考えさせられるのだろう、しんみりしたものだ。

波の音のする方に目をやると、はるか彼方《かなた》に漁火《いさりび》であろう、闇の中に点滅していた。おそらくこの火をもう二度とみない兵隊もいることだろう。

というのは、毎週、名前を読み上げられると、一人、二人と兵隊が消えてゆくからだ。すなわち、野戦《やせん》（外地《がいち》で戦う）に行かされるのだ。砂丘から帰ると、さっそく、夜の点呼で名が読みあげられ、読みあげられた者には、二泊三日の外泊が許され、野戦行きとなる。

今夜は、となりにいた、子供が三人ある下駄屋《げたや》のおっさんだった。

「上等兵どの、子供が三人もあって、奥さんが病気なのに野戦に行かせるなんてひどいですなあ」

というと、弱々しく、

「仕方《しかた》ないよ——」

小さい子供がいようが、お母さんが病気だろうが、引っぱって行かれてしまうのだ。うちしおれた上等兵は、よだれとも涙ともつかぬ液をたらしながら、

「じゃあ行ってくるよ」

と一言残してあたふたと出て行った。

「ぼちぼち死のニオイがしてきたわい」と思っていると大地震である。鳥取の人間は、ほとんど下敷《したじき》になって死んだだろうと思われるぐらい町はペチャンコだった。兵隊は、毎日死体のとりかたづけやら道路の整理やらに引っぱり出された。

どうしたわけか、お父さんが手伝いに行ったところは、酒保《しゅほ》(軍隊の中の売店)の菓子を作っている小さな工場だった。たおれている家の瓦《かわら》などをとると、中から菓子が出てきた。そのころお菓子は大変めずらしかった。

「上等兵殿、センベイです」

誰かが気が狂ったように叫ぶと、あちらからもこちらからも、

「上等兵殿、五色豆《ごしきまめ》です」

「上等兵殿、カリントウです」

いわれるたびに上等兵は、腹のポケットといわず腹の中といわず菓子を入れる。

お父さんも負けてはならじと、あめ玉やらセンベイをポケットに入るだけ入れると、また、

「上等兵殿、チョコレートです」

「上等兵殿、ヨーカンです」

すると上等兵は、

「うわー、こりゃあまあどうしたことだい、俺あ気が狂いそうだ」

と半ば狂ったようになると、軍律の方も相当狂った。

お父さんも、もう菓子は食えないものと思っていた時代だったから、ポケットに菓子をいっぱい入れて、中隊に帰ると箱の中に入れた。あの「ヘンゼルとグレーテル」という童話の主人公になった気持だった。入りきらないので、班長殿のところへもって行った。班長は目をパチクリさせてじーっとほしそうにみていたが、一人で食うわけにもゆかず、全員にやるには少なすぎるし、

「お前しまっとけや」

というので、しかたなく箱の中へしまった。

そのあくる日、人事係の曹長《そうちょう》の呼び出しである。何事が起ったかと事務室まで行く

と、曹長は、

「お前、ラッパやれ」

という。すなわち、ラッパ卒《そつ》になれというわけだ。

それから毎日ラッパの練習である。ラッパは簡単に鳴るものだと思っていたが、なかなか力がいる。鳴らないところへもってきて、進むのが早い。最初のラッパもロクに吹けないうちに「分列行進《ぶんれつこうしん》」とかなんとかいうのをやらされる。みんなといっしょに歩きながらやっていると、なんだか吹けているような気持になるが、一人になると全然だめ。そのつどに、練兵場《れんぺいじょう》をひと廻りさせられる。駆け足である。

これではとてもたまらんと、ラッパの係の軍曹《ぐんそう》に、

「班長どの（下士官にはすべて班長という）、どうも自分はラッパが苦手ですが、なんとか止めさせてもらう方法ありませんか」

というと、田舎のおっさんのような軍曹は、

「そうだなあ、人事係の曹長にたのんでみるんだなあ」

という。

「なるほど人事係ですか」

とラッパが終ると、人事係がどんなに恐ろしいもなにも分からないから、

「曹長どの、ラッパ鳴りませんので止めさせて下さい」

と叫んだ。

「だまってやってくれや」

といわれると、武田信玄みたいな顔した曹長の迫力におされて、思わず、

「はい」

といってしまった。

　酒保の工場でポケットに入れたあめ玉は、一週間たってもまだあり、毎日ひそかに楽しんでいた。いまでは、菓子はいくらでもあるが、そのころは菓子というものはほとんど見かけないほどめずらしいもんだった。

　ある日あめ玉をなめながら営庭をぶらりぶらり歩いていると、いきなり、

「おーい」

　ふりむいて見ると、となりのはりきっている機関銃中隊の将校室からだ。

「なんでございまするか」

とアチャコ風にいうと、

「ございまするか、なんて地方語を口にするな。貴様《きさま》、あめ玉をなめているだろうーっ!!」

「いいえ」

といって、あめ玉を右のほほにかくす。すると、右のほほがふくらむ。

「ソレ、右のほほ」

と指さす。すると、あわてて左にあめ玉をやる。するとその見習士官《みならいしかん》、

「ソレ、左のほほ」

また右にやる。激怒《げきど》した見習士官は、

「ちょっとこい」

といって、ビンタ。同時に口からあめ玉がとび出した。

「俺はなあ、前からお前があめ玉をなめて歩いているの知っとったんや、こんどあめ玉なめて営庭歩いたら、ただではすまんぞ。ここは軍隊やからな」

とどなられた。どなられているうちに時間がすぎ、ラッパの練習に遅れ、またもやかけ足で練兵場一周というきつい罰。

そこへもってきてラッパのシケン。どうしても下手なのが三人いて（もちろんお父

さんも三人の中の一人)、その三人だけ、練兵場三周というまるでマラソンなみの罰。むしろ、ラッパを吹いている時間より、マラソンしている時間の方が多かった。炎天下のマラソンはかなりきつかった。

いっしょにラッパ習っている友だちに、

「おいやっぱり俺はラッパはだめらしいぜ」

というと、

「もう一ぺん人事係の曹長にたのんでみるんだなあ」

と、いらぬ入れ知恵。

なぐられるわ、走らされるわで、疲れていたので、夕方、さっそくおそろしい運命がまっているとも知らずに、人事係の曹長のところへはせつけた。

「ナニ、ラッパ止めたい?」

「はい」

「どうしても止めたいか」

「はい」

「お前は南方と北方とどちらが好きか」

「はあ、もちろん南方であります」

「そうか」

その夜点呼が終ると、お父さんの南方行きが発表になり、二泊三日の外泊がゆるされた。喜んでいいのか、悲しんでいいのか、サイコロは振られてしまったのだ。

鳥取から境港《さかいみなと》までの汽車の中は、人もいず静かだった。すべてのものが見おさめになると思うと、すべての感じが違ってくる。それに
「場所はいえないが、南方の最前線だ」

という話だから、車窓から見る白い波も、なんとなく哀れめいてみえる。

「しかしいずれやってくる順番なのだ」

と思いながら境港に着くと、おばあちゃんは大あわてで知りあいのところをあるき廻って魚を集めエビの天ぷらやら鯛《たい》の刺身をしてくれた。

あくる日、子供の時よく行った美保《みほ》の関《せき》に行ってみた。おばあちゃんはなんのことはない、狂ったようにお守りをもらい、無事に帰るように、神主《かんぬし》におがんでもらったりした。

やがて、二日は夢のようにすぎて、汽車に乗った。まだ時間があったので、おばあ

ちゃんのお父さん（ひいじいちゃん）が八十歳位で生きていたので、そこ（米子《よなご》）へ立ち寄った。

「ああ、しげるが南方に……」

というようなことから、ひいじいちゃんもおばあちゃんも話は長かった。

米子の駅で別れるつもりでおったところ、ひいじいちゃんも、おばあちゃんも、鳥取の駅までついてくるという。時間がないから止めた方がいい、といったが、いうことをきかない。

鳥取の駅に着いた時は、すぐに連隊に行かないと間にあわなかったので、すぐ行こうとすると、ひいじいちゃんが見えない。おばあちゃんに聞くと、

「便所に行ったらしい」という。

早く行かないと連隊に入れてもらえないので、すぐ連隊へ走って行った。

何度もふりかえってみたが、駅前の木のところに、おばあちゃんがぼんやり立っているだけで、何度見てもひいじいちゃんは出てこないようだった。きっと大便だったのだろう。

ひょっとしたら、これが最後になるかも知れないと思って、もう一度、柳の木の下

で、ぼんやりしているおばあちゃんを見た。

お父さんが衛門《えいもん》（軍隊の門）に入りかけると同時に、恐ろしいラッパが鳴りひびいた。

中隊へ帰ると、このラッパが問題になった。

「それでお前はラッパが鳴った時、衛門の中に入っていたのか」

と中隊長がこわい目つき。

「はあ、足はその時空中にありました」

「なんだと、この野郎!! ふざけるない」

横から班長のビンタ。かなり強いビンタだったので三十秒ばかりぼんやりした。

「多分、足は大地に着いていたと思います」

とお父さんが言いなおすと、

「ナニ、着いとったんか」

と中隊長、安心したような顔つき、

「はあ」

なんのことか分からず、目をパチクリさせていると、あくる日の汽車で、岐阜に連れて行かれた。そこで、どうやらラバウルに行くらしい、という話だった。

あとでおばあちゃんに聞いた話によると、夜中に家の中でいきなりおじいちゃんが、

「しげるーっ」

「しげるーっ」

と二回大きな金切り声をあげたのでびっくりした、というが、そのころのことだったのだろう。

まあ、そのころは戦場に行く息子も大変だったが、それを送り出す親の方も大変だったわけだ。お父さんは死ぬかもしれないけれども、めずらしい所が見られるので、一方ではとてももたのしい気持だった。

突然「面会だ」というので、練兵場に行ってみると、おじいちゃんが一人できていた。

写真屋が、

「どうです、一枚」

というので写した写真が一枚残っているが、おじいちゃんは、しょんぼりしているのに、お父さんは海外旅行に行く前みたいに元気だ。

さて、やがて岐阜で部隊を組んで、出発ということになった。その日は小雨が降っていた。先頭に十五、六人のラッパ卒が勇ましくラッパを鳴らし、四列に並んで駅まで行った。道の両側には、旗をもったたくさんの人が見送っていた。

岐阜の兵隊たちは、肉親に最後の別れをするのだろう、後ろを見たりしていたが、みな涙をこらえているようで、一言もしゃべらなかった。

汽車に乗ってからも、誰もあまりしゃべらない。外は霧のような雨が降っていた。

さて、汽車に乗って着いたところは門司《もじ》(福岡県)で、やはり霧雨が降っていた。なにしろすべて秘密の行動で、どこへ行くのか分からんから戸惑《とまど》う。

一万トンか二万トンか知らないが、大きな船に乗せられた。乗ったら、中は三段に板で分けられており、すなわち一階が三つに分けられ三階になっているのだ。

立っては歩けないので、はって歩く。むしろが敷いてあって、ビールが一本ずつ配給になった。

お父さんはエントツのところに寝かされ、じっとしていても暑かった。やがて夕方になると、出発の合図。

「お前ら、出発だぞーっ、最後の日本をよく見とけよーっ」

と下士官がいうので甲板に出てみると、おりからの夕陽に、門司の港らしきものがかすんで見えた。

いつまでも甲板を去らぬ兵隊もいたが、中には、これっきり日本を見れなかった者もいただろう。

やがて船は南洋のパラオに着いた。船の中で、海水と真水とまざったようなめしで、食い残す兵隊も多かったから、パラオで、いきなり行軍《こうぐん》させられると、兵隊はバタバタと倒れた。

一日がかりで、ガスパンというところへたどり着いた。

そこで次の船をまったが、なかなかこない。みんなの話では、ラバウルに行く船は、無事に到着したものはほとんどないという。特に同郷の黒田は鼻の穴をふくらませて、

「あんた、ここを出たらおしまいだ」

という。お父さんは、まだ二十一歳だし、体が良く元気だったから、

「船が沈んだら泳げばいい」

「あんた、太平洋をどこまで泳げるの、どうせだめだ」

黒田はまだ到着しない前から、死んだようなことばかりいっていた。

ガスパンという地の果てのようなところでも、兵隊はぼんやりしていられなかった。めしたきや、たきぎ拾いにコキ使われた。森に行くと、大きなカタツムリがたくさんいた。

「お前、これ食えるぞ」

と元コックをしていた兵隊がいうが誰も手をつけない、お父さんが真っ先に焼いて食べてみると、なかなかうまい。三つ四つ食べるとみんなも食べ出した。

一カ月もすると船が入ったというので港まで歩いた。何しろ炎天下、三十キロ位の重さのものをかついで行くので、バタバタと兵隊は倒れた。

港には古い船がまっていた。船に乗って舷側《げんそく》をいじると、一センチ位の鉄板が、センベイのようにポロリととれた。びっくりして船員に聞いてみると、

「兵隊さん、この船は浮かんでいるのが奇蹟《きせき》なんだから、なにしろ、あの明治三十八年の日本海海戦の時、まっさきにロシア艦隊を発見し、〝敵艦ミユ〟の無電を発した信濃《しなの》丸《まる》てえのは、この船なんだから」

「するとこれ、信濃丸ですか」

「そうですよ」

なるほど、どこを見ても古かった。

そんないつ沈んでもいいような船が、五、六隻船団を組んで南下した。あまりスピードを出すと、船がこわれるのだろう、いたわるようなスピードだった。走っているのか、止まっているのか分からなかった。ヘサキをみると白波をけたてているので安心した。

「どうせあんた、ラバウルに着くまでに沈むんだもの、クスン!!」

黒田は、もう死んだ気持になっていた。

お父さんの場所は、信濃丸の倉庫の一番船底で二段に区切られた下で、どうしたわけかものすごく暑い。むしろは、みんなの汗と脂でベタベタしていた。だから、誰も船底で寝るものはなかった。

しかも、初年兵《しよねんへい》といって、まるでドレイのように新しい兵隊はやたらに甲板で寝ることをゆるされない。古兵《こへい》どのが、足をのばして寝て、面積が残っていた場合にのみ、寝ることがゆるされる。ウカウカ小便なんかにいっていると、その間に甲板の面積はふさがってしまっている。初年兵は一番階級が下だから、なんでも文句をいうことはゆるされない。

「お前下だ」

と古兵がいうと、下の暑いところで寝なければいけない。お父さんがブラブラしていると、

「おい、お前衛兵《えいへい》だ」

船で衛兵とは、なにをするのかと思うと、魚雷《ぎょらい》を見張るのが仕事だった。長い煙突の下で銃をもって立っていた。

夕方になって、いねむりをしようとしていると、斜めに白波をけたてて、やってくるものがある。

よく見ると、魚雷だ。敵の潜水艦が、パラオからスキをうかがっていたのだろう。敵はまったく上手で、船団に向って斜めに撃ってきたのだ。必ずどれかに当る。当らないのが不思議なぐらいの角度だ。見ていると、動くか動かないかの船が、その魚雷を静かによける。

次のがよけると、次のはもうだめだと思って、爆発の音がするのをまっていると、舵《かじ》のスレスレを魚雷が通った。思わぬスリルだった。

衛兵を終って帰ると、もう甲板で寝てはいかんという命令。どうやら甲板で喫《す》う煙

草の火が、敵の目あてになるらしい、ということだった。

暑い船底で寝ていると、汽笛が三回鳴った。

「魚雷命中!!」

の知らせだ。いまにもドカンと音がするかとまつひまもなく、一本のなわ梯子《ばしご》に七、八十人の兵隊が殺到したからたまらない。なわ梯子を登っている兵隊の上を、さらに人が登り、その上をさらに登ろうとするから、人間のダンゴができたようになって動けない。

お父さんの頭の上をふみ台にして、軍靴《ぐんか》がいたいほど顔にあたる。上ることも下ることもできず、

「ああこれまでか」

と思っていると、

「いまのは練習である」

という指揮官のスピーカー。

練習の効果はあったようだが、敵中で、敵がやってきた訓練をするとはどんなものかと、頭をひねらされた。毎日の食事は海水まじりのめしにどうしたわけか、おかず

静か

は二週間乾燥にんじんばかり、しまいには、見ただけで腹いっぱいになった。

ニューアイルランドという島に近づくと、こなくてもよいのに、敵の編隊である。日本の軍艦が逃げるのが見えたと思っていると、爆弾の雨である。それと同時に「一式陸攻《りくこう》」という万年筆のような飛行機が飛んで敵にぶつかったので、敵はあわてて空中戦に移り、船は爆弾からのがれた。

早く上陸しないと敵がくるというので、胸まであるような水にとびこんで、ココボというところに上陸した。

これが、ラバウルに到着した日本輸送船団の最後となった。

そのためにあとから誰もこないから、お父さんは何年いても、ラバウルでは一番下の階級として暮らさねばならず、おかげで三年ばかりなぐられどおしだった。

# 最前線

ココボというところは、広い椰子《やし》林の中に、椰子の葉で作った小屋がたくさんあった。夕方になると、

「ボーッ」

「ボーッ」

と奇妙なバスで鳴く鳥がいる。それが終ると、いっせいに、

「ギャラ」

「ギャラ」

「ギャラ」

と妙な鳥の合唱である。

はて、へんなところへきたもんだなあ、と思って、その日はあばら屋に入り、ワラ

の中に入って寝た。

夜中に体中がモソモソするので、なんとなく顔に手をやると、お父さんの大きらいなねずみが五、六匹、足の方やら胴体やらに二、三十匹はむらがっていたろうか。あまりの気持の悪さに、何度か起きておい払ったが、眠たさには勝てなかった。

あくる日、体のどこかをかじられていないか、調べたが、別に変ったところはなかった。快晴だったので、船の中でできなかった洗濯を始めた。

目にしみるような緑、美しい青空、お父さんはいつしか鼻唄をまじえながら洗濯にかかった。まったく海外旅行の気持だった。

爆音がしたと思って空をみると、空中戦である。上の方の戦《いくさ》は、下の方に関係ないだろうと思って、洗濯をしていると、

「パリパリン、ストーン」

と弾が落ちてくる。はっ、おかしいと思っていると、足もとに、ドカン。機関砲《きかんほう》の弾である。

こりゃあたいへんだ、と洗濯ものをもってうろつくと、小屋にもどこにも人影が一つもない。山の方に行くと、防空壕《ぼうくうごう》から声。

「お前なにしてんだ、早く入れ!!」

あわてて防空壕に入ったが、空中戦は三十分ばかりつづいていたようだった。

やがてトーマというところのなんとか隊というところに行かされ、毎日穴掘りである。お父さんは、椰子の葉を編《あ》む作業をやらされ、腰をおろして仕事を楽しみながらやっていると、夜、

「初年兵整列!!」

と古兵のかけ声。

十人位並ぶと、二、三人のゴロツキのような上等兵が現われて、

「今日椰子の葉を腰かけて編んでいたやつは誰だ!!」

とすごい形相。物おぼえが悪くて、お父さんの顔を忘れていたのが不幸中のさいわいだった。シーンとして声がない。

「誰もいないなら、この下駄でみんなをぶっとばすぞ!!」見ると、椰子の木で出来た碁盤《ごばん》のような下駄をにぎりしめている。上等兵の歯は、吸血鬼ドラキュラのように先がとがっていた。あとで分かったらどんな恐ろしいことになるやら……と考えて、

「ハイ」

といって、お父さんが手を上げるのと同時だった。碁盤のような下駄が顔に飛んできた。もうそのぐらいのものでなぐられると、イタイとかコブとかではない。顔全体があついものをくっつけられたような気持になると同時に、体が三メートル位ふき飛ぶ。しかし若いから、それほどこたえない。いつ死ぬか分からんようなところへきて、よくこんなバカなことをするなあ、と思って立ち上ると、不満が顔に現われるらしく、立ち上ったところをドラキュラのような顔をした上等兵がまた、一発、ガーン。

夜になると昼間のつかれで、そこらに寝る。明け方、小便に行って帰ると、もう寝る場所はない。わずかのスキ間に寝ていたから、わずかの時間でふさがってしまうのだ。初年兵だから、古兵どのにさわったりしただけで、なぐられるから、次の者が便所に行ったスキに入りこむ。

ボンヤリした古兵が、前の方をおさえながらねぼけて立ち上ったので、あとに入りこんで天井《てんじょう》をながめると、月が輝いていた。初年兵の部分だけ、家の屋根がまだ葺《ふ》いてなかったのだ。

あくる日、

「ヤーッ」

という異常なかけ声に、目がさめると、お父さんを下駄でなぐったドラキュラ上等兵が、ただ一人銃剣術《じゅうけんじゅつ》の練習である。しまいには、

「キャーッ」

という精神病めいた声。

中隊の者はみな異様な目つきで見ていた。同時に初年兵は、今夜も誰かがあの声で、下駄で、なぐられると思うと、気味が悪かった。

毎日重い椰子の木をかつがされ、肩が痛くてたまらない。その上に下駄のビンタが毎日サクレツする。

これから一体どうなるだろうと思っていると、「死の使い」がやってきた。朝の点呼の時、曹長がいった。

「今から名前呼ぶ者一歩前」

その中にお父さんの名前もあった。

「明日完全軍装してココボに行け」

ということだった。

どうしたわけか、その日は作業休みとなり、煙草十五箱と、今まであまり食べたこ

ともない菓子が配給になった。

「やっぱり軍隊はいいところありますねえ」と、となりの古兵に話しかけると、

「お前、ブーゲンビル行きらしいぜ」

「へえ」

「逆上陸の決死隊だってうわさだぜ」

逆上陸というのは、味方のいるところへ敵が上陸してくる、そのあとに味方がまた上陸することをいう。

「逆上陸とはかなわんですなあ」

と初めてもらった煙草をたてつづけに喫《す》った。

「だからこんど行く者は機関銃ばかりだろう」

「いえ、自分は小銃ですよ」

「そりゃおかしいな、間違いだ。今度行くものはみな機関銃手だ」

これはいかん、と思って、曹長のところへ行くと、

「あっ、お前は小銃だったのか、すまんすまん」とばかに低姿勢。

「では転属《てんぞく》のことはゆるしてもらえるのですか」というと、

「いやそれはいかん。まあ、すまんけど機関銃ということにして行ってくれや」というわけ。お父さんはしかたなく、また煙草を二、三十本たてつづけに喫った。古兵は月をながめながらいう。

「どうやら駆逐艦《くちくかん》で行くらしい。なにしろ、この島の三分の二は敵サンが占領しとるからねえ」

お父さんはまた煙草を二、三十本たてつづけに喫った。

ココボに行くと、二、三百人の兵隊が神妙な顔をしてまっていた。椰子の葉の小屋に入ると、やさしそうな丸顔の曹長がにこやかに現われて、

「お前ら、遺書を書いてもってこい。それと髪の毛か爪を袋に入れて、それももってこい」

顔はにこやかだが言うことはおそろしかった。

「遺書というと、これ死んだ時、内地にとどけてくれるんですかねえ」と古兵に言うと、

「うーん、そうだろうなあ」

と、頼りない。遺書を集めてもって行くと、

「お前たち認識票《にんしきひょう》（首にぶらさげる名札）もってるか、あれがないと、誰の死体かわかんなくなっちまうからなあ」

と丸顔の曹長は事もなげに言う。

こりゃあ、いよいよおしまいかなあ、とまたお父さんは煙草を二、三十本たてつづけに喫った。

どこに行かされるのか知らないが、前線に行く間、二日間休みだったので、鳥取の連隊にいた者はいないか捜《さが》すと、卵形の顔した兵長がいた。

「兵長殿、こんど行くところは、なんでもえらい所らしいですなあ」というと、

「お前、そんなバカなこと誰に聞いた。こんど行くところはな、ウルグットといってなあ、パパイヤのようけある天国みたいなところらしいぜ」

「あっ、そんなところですか」

というと、兵長はさらに調子をあげて、

「そうじゃ、このくらいのパパイヤがゴロゴロしとるらしい」

と両手で、巨大なパパイヤが目の前にあるかのような表情である。お父さんはパパイヤが大好きなので、

ろう。

「ほほう」と感心すると、

「まあ、ええこともあるわいな、ワッハハハハ」

と至極御満悦《しごくごまんえつ》。兵長があんなに喜ぶんだから、五割引して考えたってたしかに天国だろう。

あくる日になって集合を命ぜられ、ダイハツという小さな船に乗った。将校が、

「みんなきけーッ、只今《ただいま》よりウルグットを占領する!!」

と腹をふりしぼるような声。つづいて、

「全員弾こめ!!」

こりゃあいよいよなにかあると思って上陸すると、誰もいなかった。

あくる日、ジャングルの中にパパイヤはないかと、一歩ふみ出したら、

「勝手に行動してはいかん」

ときびしい一喝《いっかつ》。初年兵には自由はゆるされないのだ。

兵長のいうようなパパイヤはどこにも見当らず、なんのことはない、またもや毎日穴掘りである。これがまたきびしい。あまり休みも与えられない。深呼吸をするぐらいが休みだった。一つの山が終ったと思うと、つぎの山、といったぐあいに、やたら

に穴を掘るのだ。今から考えてみれば、敵が来てからではおそいから、あわてたのだろう。

そのころは、あまり真面目《まじめ》に働いて、大木の下敷になって腰の骨を折った兵隊もいたし、すべって転んで打ちどころが悪くて、死んだ兵隊もいた。

一、二カ月もすると、マラリヤ蚊がいるらしく、マラリヤになる者が続出した。下痢をしている時、マラリヤになると、たいてい死んだようだ。

兵隊というものは、どうしたわけか、戦況《せんきょう》とか、この上陸したところがどんなところで、将来どうするのか、ということを一切知らされないから、なにも分からない。今から考えるとそれがかえってよかったのかもしれない。みんな分からないから希望をもって生活していた。

お父さんもそうだった。まさか、ここが死地とは、思わなかった。ある夜、敵の魚《ぎょ》雷艇《らいてい》がやってきて、なにを考えたのか、船の中から山に向って機関砲かなんかをやたらに撃ってきたことがあった。当るわけはないが、お父さんは、ねぼけて便所に行っていたから、何事が起ったのかとあわてて、片足を糞の中に突っ込んでしまった。

ドラム罐《かん》が土の中に入れてあって、その上に板を二枚敷いて便所になっているわけだが、糞の中に落ちたというより、餅《もち》の中に落ちたという感じだった。それほど糞に水分がなかった。足をもち上げると（非常に力が要った）、まるでワラ靴（昔、東北の農家で使っていた）のように、足に糞がまぶりついている。思わず、

「ああ、えらいことしてしまった」

という独言《ひとりごと》が口をついて出た。糞の中に大切な班長殿の靴が入ったままなのだ（なんでもいいと思って、近くの靴をはいたのが悪かった）。足には四キロもあるような糞の塊《かたまり》がついているし、その夜は真っ暗ときている。その上に、山の上で水がないから、困ったとはこういう時にいうのだなあ、と思って、ズボンもなにも脱いでジャングルに捨てた。木のヘラをみつけて糞をとったが、その臭みはとれない。

このまま兵舎に帰ったら、半殺しの目にあうだろうと思って、水を捜すが、水は一キロ下の川にしかない。

悪いことにまっくらで、ぜんぜん道が分からない。食器桶《おけ》の中に水のあるのを思い出し、その中に入れて洗ったが、

「クワーッ」

「クワーッ」

と無気味な鳥が鳴いたり、頭の上から不可解な木の実が、音もなく落ちたりして、もう現世《げんせ》というよりあの世の感じだった。

班長殿はあくる日、

「おらが編上靴《へんじょうか》(靴)がねえ」

と騒いでいたが、どうしようもない。二、三日して松田という兵隊と野菜採りを命ぜられてジャングルに入ると、どうしたわけか、たくさんの屍《しかばね》がある。松田は、

「どうも変な臭いがすると思ったら、これだ」

敵の死体である(これはお父さんが上陸する前からあったものである)。

みると骨に近いが、靴なんかまだ上等ではけそうだ。それに金なんかも落ちていた。お父さんは骨から靴をはずしてみると、松田も、

「俺の分より上等だ。持って帰ろう」

というので、お父さんも少々気持が悪かったが、一足もって帰って、班長殿にプレゼントした。

「うわー、おらが足にもってえねえぐらいの靴だ」

と班長殿は大満足だった。しかしあとで死者の靴だということが分かってしかられた。

そんなようなことでいつしか、生者も死者もいっしょくたになったような感じだった。そのころは、死神がうろついているらしく、石につまずいても死につながることがあったし、風が吹いても死につながることもあった。

ある善良な戦友がワニに食べられた時もそうだった。それは何気ない一陣の風が原因だった。ワニの住む川に浮かべてある舟は、三人乗ると舟底のベニヤ板に穴があくので、舟の定員は、いつも二人だった。お父さんは前に、戦友は後ろに乗ったが、岸に着いた時、後ろを見ると誰もいなかった。食べられたというより、消えたという感じだった。両岸にいた兵隊の話では、風が吹いて帽子を拾おうとする格好を見たというだけで、皆目《かいもく》見当がつかなかった。土人に聞くと、顔を引きつらせて、鼻の穴をふくらまし、

「ワニ」

というので、ワニであるということが分かった。

考えてみると、万一お父さんが後ろであれば、風は同じように吹いたであろうから、同じように帽子は落ち、おそらく戦友と同じように手を伸ばして帽子を拾おうとしたであろう……。どうしてお父さんは前に乗ったのか、いくら考えても分からなかった。

その時の行動の目的は正月用のブタとりだったから、ワニに食べられた兵隊は二、三人の者がさがすことにして、われわれは袋を手にもって海岸ぞいの道を行くと、海軍が二十人ばかりいて、

「ブタとりなんかたいへんなことだ」

という。野生のブタは、日本の猪《いのしし》と同じで、つかまえるのは大変むつかしい。

「しかし手ぶらで帰るわけにもゆかない」

というと、親切な海軍の人は、

「ウチで飼っているブタをあげましょう」

といって、大きなブタをくれた。

これをなわでしばってかついだが、ものすごく重かった。

帰り、二人乗りの舟では危いというので、土人からカヌーを借りた。兵隊が四人も乗って、その上にブタをのせたからたまらない。カヌーは水とスレスレだった。それでも土人は先頭に乗ってカヌーをこぎ出した。

その日の午前中に兵隊が一人食べられた時でもあり、みんな無気味な水面をだまってながめていた。

川の水は泥でにごっている。ちょうど川のまんなかにきたころ、波だけがこちらに近づいてくる。ものすごく早い。はて、と思って全員みつめたが、正体が分からない。

土人にきくと、

「ワニ!! ワニ!!」

といって、カヌーを回転させ元のところにかえろうとするのだが、荷が重いものだから回転がおそく、その上にみながあわてるものだから、カヌーに水が入ってくる。上等兵が川へとびこむと同時にカヌーがひっくりかえってしまった。

お父さんはハッとして川を泳いだが、気がついてみると一番ビリだった。

「もうだめだ」

と思った時、泥に足がとどいたので、あわてて陸にあがろうとして泥から足を引き上げたら、靴が片方とれてしまった。よほど強力な力だったのだろう。

「班長殿、靴が片一方なくなりました」

というと、

「まあ命があったからいいじゃないの」

ということだったが、お父さんはそれ以来片足靴なしで動かなければならなかった。

かんじんのブタはワニが取ってしまった。

夕方、川へ行って班長殿の褌《ふんどし》を洗濯していると、夜になってしまった。南方の夕方は早い。夜はそれこそ、真っ暗闇になる。怪鳥や怪虫が鳴き叫び、意味もなく大木が倒れる音がしたりして、なんとなく異界の感じのする、奇妙な雰囲気だった。それがまたお父さんは大好きだったから、いつもぼんやり立っていたものだ。

やがて「死の命令」がおとずれた。

ウルグットから百キロばかり先のダエンに行けという命令だ。ダエンは、味方から百キロも離れた陸の孤島だ。人員は九人で、チョビ髭《ひげ》を生やした兵長が分隊長だった。

死というものは、奇妙に予感をともなうものとみえて、分隊長以下普通に歩いているのだが、なぜか、進む速度は遅かった。そして、みなだまりこくってしまう。どんないい景色を見ても、死の影がつきまとうのだ。

誰もあんまり笑わないのでお父さんは無理に笑ってみようと思って、口をゆがめてみたが、ほほの筋肉は固く、笑うことを拒否した。

単調な波の音を聞きながら、海岸づたいに進んだ。あたりの鬱蒼《うっそう》たるジャングルや、きれいな川の静けさがよけい無気味な感じさえ与えるのだった。

月夜の晩に、リリルという土人部落に着いた。南方の星は、ハッキリと近くに見える。奇妙な虫は鳴き、まるでアラビヤン夜話《ナイト》のような世界だった。十軒ばかりの家が、整然と五軒ずつ並んでいる。どの家も空家だ。空家だからよけい静かで無気味に見えた。

あくる日、何キロも花のような葉をもった植物ばかりの道を通った。なんだか極楽に近づきつつあるのではないか、という錯覚《さっかく》にとらわれた。ミレムというところに、前にブタをくれた海軍がおり、めしを食わしてくれた。これから先はナンバーテンボーイ（土人のスパイ）がいるから危ないという話だった。お父さんが一番元気そうだったので、鉄砲に弾をこめて一番先頭に立たされた。まもなく飛行機から機銃掃射《きじゅうそうしゃ》を受けたが、誰にも当らなかった。

やがてサンプンというさびしい無人の部落を通ると、あとは山道である。この山道の上は平らになっており三キロはあるという話だった。そこで飛行機に出会ったらおしまいになるから、なるべく早く通りすぎるようにということで、急いでいると、古兵が、

「鉄砲を貸せ」

という。自分の鉄砲は使わずに人の鉄砲を使うのだ。なにをするかと思ったら、高い木の上にある果物を撃ち落とすのだ。果物が落ちると、自分だけ食べて、ポイと鉄砲を返す。

「弾《たま》も返して下さい」というと、

「二発位なんとかしとけ」という御命令。

なんとかしとけといっても、弾は二百発なら二百発に決まっていて、それが不足すると叱《しか》られる。その上に一度使った鉄砲はガスと称するものがたまり、銃身の中が黒くなる。これを落とすために何回も掃除をしなければならないから、一度使われるといろいろと大変だ。掃除なんかでモタモタしていると、他の古兵が、

「なにモタモタしてんだ」とビンタ。

コロンコロンで一泊し、朝ダエンに到着した。海軍が十五名ばかりいて、ホッとしたような顔つきで迎えてくれた。三、四日で行くところを、一週間もかかってやっと着いたのだ。海軍の話だと、ここから四、五キロ先の所にジャキノットというところがあり、そこに海軍が二十名ばかりおり、情報任務にたずさわっていたが、いつしか通信がとだえ、十日ばかり前、海軍のダイハツが、食糧をもって出発し、「到着する」

という無電を打ったままバッタリ情報がとだえたという。

ジャキノットに何事か起ったのだ、というスリラーめいた話も聞かされたが、そのころお父さんは若かったから、別に危機がせまっているとも感ぜず、きわめてホガラカだった。あくる日から土人の手伝いで、海岸から少し入った所に宿舎を作る作業にかかった。

毎日夕方になると気味悪い鳥の声が聞こえた。仕事は、毎日順番で海軍の望遠鏡で海を見ることだった。敵は海から来るとみなが信じていたのだ。それ以外は海軍サンのところへ風呂をよばれに行ったりして、そのあといつも、中隊（ウルグットに二百人ぐらい）とここのちょうど中間に敵サンが上陸してきた場合、

「我々はどうなるでしょう」

という話をした。

「裏山を越えて向こうへ出るしか方法はないでしょう」というと、

「いや、裏側にも敵サンがいるらしいです」という話、

「では、空中か地下に潜るしかありませんなあ」といったぐあいだった。

おかしな話だが、お父さんは古兵になぐられやしないか、というのが最大関心事で、

それが一番緊迫感《きんぱくかん》があり、敵サンの方の心配は、そのつぎのことにぞくした。

陰気な雲のたれ下った夕方、海軍の方で騒ぎが起った。

使っていた土人が二十人、急にいなくなったというのだ。

「そりゃ、おかしい」

というので、海軍側と相談ということになったのだが、いわゆる南方ボケか、生れつき血のめぐりが悪かったのか、分隊長は、

「あすいっしょに捜しましょうや」

ということで双方《そうほう》別れた。やがて気味の悪い鳥が鳴き出して、夜になった。

「みな枕もとに弾を込めて銃をおけ」

とチョビ髭分隊長は一言いった。これが分隊長の最後の言葉となった。それから数時間後、分隊は全滅した。

運命というやつは、さまざまな偶然が重なってできるものだが……不寝番《ふしんばん》の順番が告げられた。何気ないこの順番が生死を決めてしまっていた。告げられた順番は、お父さんが一番最後だった。不寝番は海岸に出て、陸海一名ずつ望遠鏡で海を監視《かんし》するのだ。こんな事件があっても、敵は海からくると信じていたのだから、あとで考える

と妙な話だ。

その日は闇夜《やみ》だった。お父さんはどうもあたりがあまりに無気味なため寝つかれなかった。夜中にひと声、犬が遠くで鳴いた。みな総立ちになったが、何事もなかった。お父さんは寝れないまま、やたらと寝返りをうった。

「お前寝れないのか」

「はい」

というと、

「バカヤロウ、肝《きも》っ玉《たま》の小せえ野郎だなあ」

と古兵は自分も寝れないくせに怒鳴りちらした。それでもウトウトしていると、不寝番の最後の順番が廻ってきた。

「ああう」お父さんは大きなあくびをして、不寝番を交代した。

あたりは陰惨な感じの夜が白々と明けかけていた。音は一つもしない。

海岸まで百メートル位あったろうか、そこは大きな岩にかくれていた。望遠鏡のところには、小柄な海軍の水兵が一人ポツンといた。

「敵サンきませんでしたねえ」というと、

「ジャキノットの二の舞というわけにはゆきませんよ」といって笑った。

海軍と陸軍となるとおかしなもので、階級はどうあろうと別社会に属するので、言葉もバカていねいだ。

「私、炊事当番になっておりますのでこれで失礼いたします」

海軍さんは勤務時間五分前に、ノコノコと海軍宿舎の方に帰って行った。

お父さんは一人になったので望遠鏡の方向を自由に変えてみた。高いジャングルの木々にきれいなオウムが二、三十羽とまりながら、朝の談笑《だんしょう》にふけっているのであろう、楽しそうにはばたいていた。おりからの朝もやで、まるで夢の国のような美しさだ。

五分ばかり見とれていると、朝はすっかり明けかけていた。起床が五分もおくれてしまった。これはたいへんと、兵舎の道を入りかけた時だった。パラパラパラと妙な音がした。すると左右にピュンピュン音がする。へんに思ってふせた。後ろの海に水けむりがやたらに上る。

「あっ、俺はねらわれているのだ!! そしてあの豆のような音は自動小銃だ」

お父さんはあわてて小銃をバリバリ撃った。それがいけなかった。むこうは機関銃らしく、ダダダダという重量感のある音が一斉にこちらにむかってきた。砂ぼこりは上るし、後ろを見ると水しぶきがすごく上っている。頭を上げて見ると、肩をやられた分隊長が出てきて、それを助けた初年兵といっしょにバッタリ倒れた。

道はコロンコロンに行く道が一本あるだけで、海岸側はおそろしい岬になっていて、断崖《だんがい》の下を渦《うず》が巻いているから、海の方からは逃げられない。道は文字通り一本で、それは十メートルばかり前にあった。弾が飛んできて、前には一歩も進めない。そうこうするうちに、海軍側に重機関銃があったとみえて、ダダダダ、という重々しい音、これはしめた、味方が勝つと思って、岩かげから五、六発撃った。すると、半ズボンをはいた白人が、豪州で訓練したであろうと思われる特別のソルジャーボーイ（黒人）五、六人と、自動小銃をもってこちらにやってきて撃《う》ちだした。そこらじゅう土けむりや水しぶきだった。これはもうだめだと思って、海岸伝いに海軍の方に行こうと思って、岩を下りて海軍側の方に逃げた。海軍の風呂場のところまできたときは、お父さんの行動が分かるのか、そういう気がするのか、ピュンピュンやたらに弾がくる。おそらく陸軍の方は、全滅状態だろうと思っていると、海軍側の方も重機の音が止んでしまい、時おり小銃の音がするていどで、ひどくたよりなくなった。お父さん

は、あまり弾が飛んでくるので風呂場のドラム罐《かん》の陰にかくれた。そのうち敵は海軍側の方からやたらに手榴弾《てりゅうだん》を投げてくる。おそらく海軍側も全滅してしまったのだ。案外味方の手榴弾だったのかもしれない。

もうどうしようもない。逃げ道は敵がおさえて、どうにでもなれと風呂場から逃げ出して、おそろしい渦巻のある海に飛び込んでしまった。

お父さんは、岬の渦の巻いている方に泳いだ。陸の方は、手榴弾と小銃の音がときおりするだけだった。海岸は思ったよりひどい絶壁《ぜっぺき》で、それこそ手のつけようもない。上ばかり気をとられていると、下から渦巻が吸いこむ。あれよあれよ、という間に体の中心が失われて、黒い海に吸いこまれた。仕方なく銃を捨てて岩にしがみつく。それでも苦しくなって弾薬もはずした（これが最も重い）。そして、やっとの思いで岩をはい上って、呼吸した。軍装して靴をはいて泳ぐということは、大変なことだ。なんとかしてはい上ろうと絶壁を登った。

どうやら敵は、三、四十人の特殊部隊なのだろう。彼らは、おそらく土人とグルになって、こちらのことはみな知っていたのだろう。誰が逃げて誰が殺されたかということまで、調べているのかもしれない。おそらくジャキノットは、これと同じ方法でやられてしまったのだろう。

みな殺しになったのか、味方がいなくなったのか。死にかけた者にとどめをさすのか、時たま、小銃の音がドンドンとする。

お父さんは必死になって現場から遠ざかろうとしたが、なにしろ断崖を登ってまた下りて、道なき道をサンゴ礁《しょう》につまずきながら行くのだから努力するわりに進まない。いつしか丈夫な軍靴の底は岩にすりへらされ、足の裏が出てきた。

なによりも心配したのは敵が出てきて、

「ストップ」

と自動小銃をむけられはしまいか、ということだった。お父さんは短剣しかもっていなかったから、問題にならない。

必死にサンプンめざして進んだ。あのダエンの中で生き残っているのは、おそらくお父さん一人かも知れない。お父さん一人だけでも中隊に逃げ帰られると、どういうふうにしてやられたかということが分かり、敵サンのこの型の奇襲《きしゅう》はできなくなるかもしれない。お父さんを殺してしまえば、あのジャキノットのように謎《なぞ》として残ろう。だから敵サンは、死体の数を調べて一人たりないことが分かり、びっくりして足の早

い土人を二、三人こちらにむけているのかもしれないと思った。

そんなことを考えながら三時間も歩いただろうか。白い波しぶきが岩にくだけて散った。後ろを見ると遠くに入道雲が見えた。同時に遠い日本にいるおじいちゃんやおばあちゃんの顔が浮かんだ。お父さんは後ろをふりむいて何度も何度も入道雲を見た。海岸の波しぶきは、午後の日ざしをうけて白く輝いた。

聞こえるものは波の音と風の音だけだった。

一応両親とも最後の別れをしたつもりになって、下をむきながら黙々と歩いた。靴は破れ、はだしと同じになったので靴を捨てた。岩の上をはだしで歩くと、思ったより足がいたい。前をみると断崖になっており、右は荒波が渦巻いており、左は果てしのないジャングルだった。仕方がないからその絶壁を登ることにした。

まるで日本アルプスを登るような気持で登った（普通では登れそうもない絶壁だった）。崖の上は今まで見たこともない巨大なパパイヤがたくさんなっていた。人間も動物もこない場所とみえて、落ちたパパイヤがそのままうずたかく腐《くさ》っていた。空腹だったので、木になっている大きなやつを食べた。あまりうまくなかったが、満腹になったので崖の上から落ちついて海を見た。田舎でよく海を見たときのようになんのへんてつもない午後の海だった。植物や石は平穏《へいおん》に暮らしているのに、なんで人間だけがのたうち回らねばならんのだろう。木や石みたいに人間も、よその国をとったりなんかせずにじっとしていればいいのだ。そう思いながら歩いた。

サンプンを見下ろすところに出たのはもう夕方だった。断崖の下に川が海に流れており、その下にサンプンがあった。わずか六、七軒の土人部落である。人影は一つもなく静まりかえっていた。ここに敵がいるかいないかは誰にも分からないが、用心にこしたことはない。お父さんは夜になるのをまった。サンプンの部落の前の海を首だけ出して通りすぎようと思った。ところが夜になると風が吹き荒れ出した。

# 丘の上

風の音と波の音ばかりの暗い夜だった。部落の前を首だけ出して海につかりながら通ろうというわけだが、なかなかそうはいかない。海に入ると、海が荒れていて、二、三歩あゆむごとに、二、三十メートル左右にひっぱられる。しかたがないから浜辺に上り、家から家へかくれながら進んだが、心は冒険小説の主人公のような気持だった。風のきつい夜で、風と波の音以外なにも聞こえなかった。前は一本道で断崖《だんがい》になっており、悪いことに、その一本道にたいまつの火が見えた。いまさら引き返すわけにもゆかない。

考えてみりゃあ、進むことは味方に近づくことになるし、引き返せば敵に近づくことになるわけだ。火はだんだん大きくなってきた。四つだ。ヒューッという風の音がなんとなく非情に聞こえる。

どうしたわけか、適当なかくれ場所というのが、進めば進むほどむずかしくなった。

引き返してみたところで、適当なかくれ場所もない。火は近づいてくるし、あわてた。あわててみたところで、左は絶壁《ぜっぺき》、右は断崖、その下は海になっていて、かくれられない。仕方なく断崖にぶら下った（何気ないことだが、必死だった）。

上を向いているとみつかると思って下の方を向いていると、一陣《いちじん》の風が吹きすぎると、ききとれないぐらいの足音がして、光が右から左へと通った。頭上で、立ちどまるのではないかと胸をドキドキさせていたが、運よく足音は遠のいた。すると緊張がほぐれたのか、急に眠くなり、草と岩とまざったようなところをみつけて寝た。

あくる日、波の音で目がさめた。とにかくじっとしているのは恐怖なので、さっそく中隊のいる方向に歩いた。

やがてグマという部落の前を通ると、目の前を一人の土人の子が通ったが、あわてふためいていた。むこうがあわてると、こちらもあわてる。その部落を走って通ることにした。

七十メートルばかり走ると、部落の副酋長《ふくしゅうちょう》があわててやってきた。大きな鼻をひらいて、緊張しながら、

「山の道を行くか、海の道を行くか」

と聞く。おかしいと思って、わざと、

「山の道を行く」

というと、土人は緊張して、海の道を行けという。お父さんはまた、

「山の道を行く」といった。

するとと副酋長は、部落の方へあわてて引き返した。お父さんは、テレビの時代物ではないが、殺気《さつき》を感じて、すぐ短剣と褌《ふんどし》だけになって、海へ飛び込んだ。

沖へ行くと、椰子《やし》の実がたくさん水流の関係で浮かんでいるので、頭を椰子の実と同じぐらい海面から出して泳いだ。

陸からみると、椰子の実が浮かんでいるように見える。ながく泳いでいると左手がいたい。さわってみると、二十センチばかりの傷だ。その中に海水がしみるから痛い。どうやらダエンで弾がかすったらしい。

海は、入道雲なんかが鏡のような水面にうつって、とても美しい。下をみると、青く深い。そして無気味だ。サメやフカもいるという話を聞いたこともあるので、お父さんは急に気味が悪くなり、褌をのばした。サメやフカは、自分より大きいものは襲《おそ》わないとかいう話を聞いていたからだ。しかし褌をのばしてみたところで、一メート

ルもない。

陸の方を見ると、土人が三、四人竹槍《たけやり》みたいなものを持ってテクテクとお父さんと同じ速度で歩いている。

陸の方から見えるのかなあ、と思っていると、次の部落に四、五十人の土人がやはり竹槍をもって集まっている。こいつが敵だか味方だかてんで分からない。そうこうするうちに夕方になり、大分泳ぐのも疲れてきた。

ちょうど椰子の実が十個ばかり浮かんでいるのにまぎれて、浜辺にたどり着いたが、どうしたわけか歩けない。足がいうことをきかないのだ。浜辺をはいながら小さな橋の下に入り、そこで寝た。目がさめた時は日はとっぷりくれて頭の上にはキラキラと星が輝いていた。お父さんはさっそく歩いた。

海は静かで浜辺は歩きやすかった。前方の木陰から一本のたいまつが投げられたかと思うと、それが合図だったのだろう。十五、六本のたいまつが一カ所に投げられ、ボーッと大きな火柱になり、お父さんを照らした。同時にガヤガヤという緊張した声、はっとしてあたりを見ると、U字型に土人に囲まれていた（なにしろ土人は黒いから分かりにくい）。

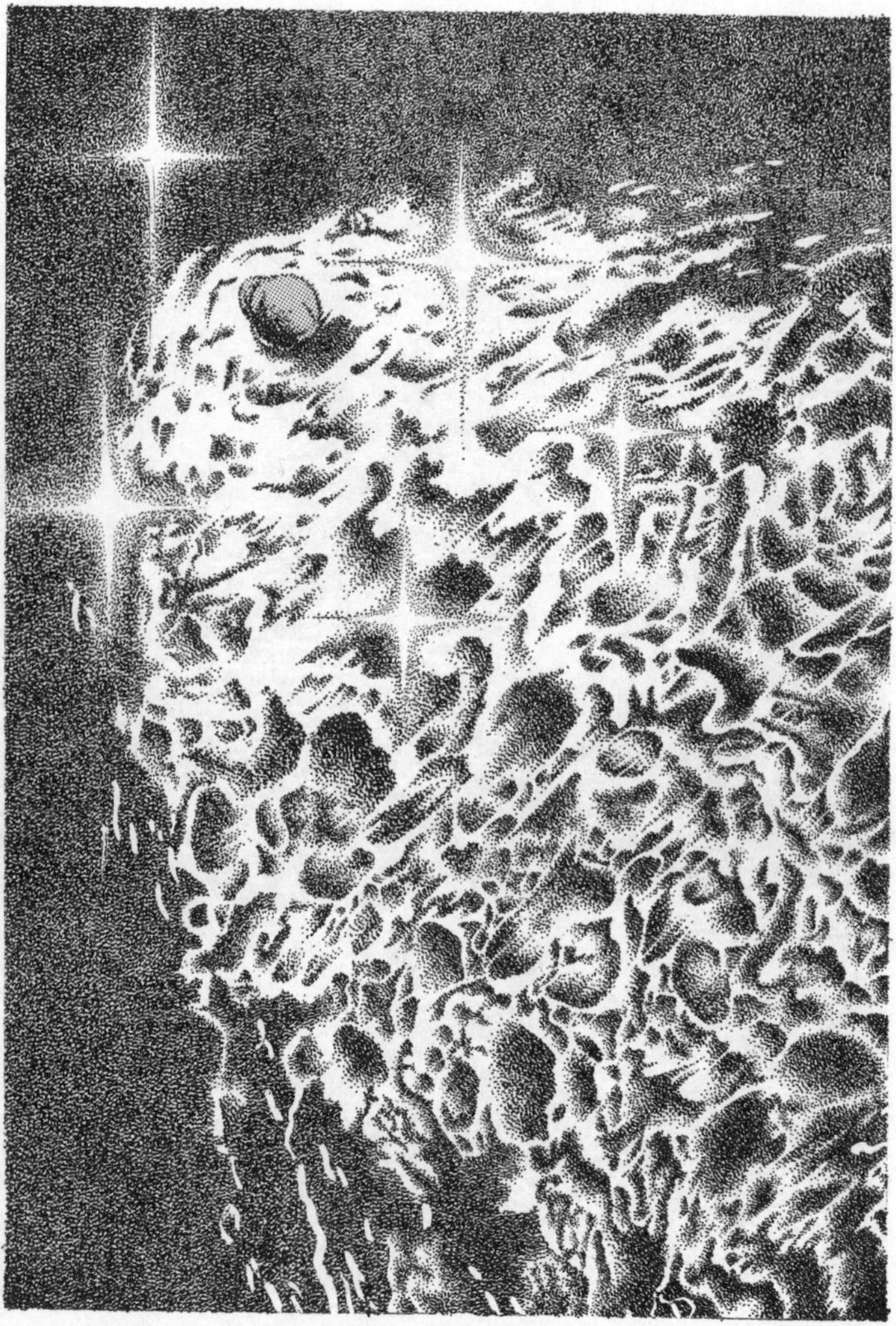

土人の手が肩にふれかけた時、今まで信じられないような力が出て、お父さんは海をめがけてまっしぐらに走った。だが悪いことに海はサンゴ礁《しょう》で三十センチ位のところがあると思うと二メートル位の深さになったりするので、とても危ない。しかもノコギリのようになっているので、足に傷がつく。土人も途中であきらめて引き上げ、たいまつの火を三カ所に作って、カヌーを二隻《せき》出した。海は重油のように黒かった。どうしたわけか、体のまわりに、ついてこなくてもいいのに、夜光虫の一種とおもわれるものがついてくる。しまいには体にへばりついて、真っ黒い海に人型の光ができる。こんなことでは、カヌーで上からひとつきされればおしまいだと思い、また、体もくたくたになっていた。ちょうど直径二メートルに近い大きな流木のようなものが、陸から海に倒れていたので、そこにかくれることにした。まるで敵前上陸だ。しかし夜だからよかった。

幸運というやつだろう。その方に泳いで行くと、姿はすぐ巨木の影にかくれ、おまけに巨木は、中ががらんどうだった。お父さんはまるでトンネルの中を歩くように巨木の根元へ出た。

出たところは椰子林だった。近くで土人たちはたいまつをもってさわいでいたが、まさかお父さんが椰子林の中にいるとは、思わなかったのだろう。椰子林の中には入ってこなかった。犬でもけしかけられたらおしまいだ、と思ってジャングルの方に逃げた。

椰子林の中に椰子がたくさん落ちていて、それにつまずいて転《ころ》ぶ。起き上って一歩あるくと、また転ぶ。よほどあわてていたのか、体力が落ちていたのか足が自由に動かない。

前の方をよく見ると、人の形をしたものが、椰子の木かげにかくれている。

「やはりだめだ、土人は足が早い」

と思って、こちらも椰子の木のかげにかくれていると、むこうもじっとしている。こちらもじっとしていたが、長くじっとしているわけにはゆかない。緊張していると疲れる。

「ボーイ（当時土人のことをそういっていた）」

と叫んで、近づいてみると、人間が槍をもって立っているように見える木だった。あたりは静まりかえっていたが、なんとなくおっかけられるような気がして、あわてて山の方へ入った。

しまいには、名の通りジャングルになってしまって、木のつたやらなにやらわからぬもののため、まるで巨大な網にかかったように、右に行っても左に行っても、動きがとれなくなった。これではいかんと、無理に前の方へ行くと、つたやらなにやらがよけいにからんで退くことも進むこともできなくなり、まるでジャングルにはりつけになってしまった格好になった。

そんなところへマラリヤ蚊の大群である。体に塩がついていたのか、傷から血が出ていたのか知らないが（足はサンゴ礁で傷だらけだった）、顔をさわるだけで、百匹ぐらいはとれる感じ。とれるというより、顔をなでると血を吸った蚊で、ぬるーっとする。おそらく真っ黒にたかっていたのだろう。おそらくお父さんの体に潮水がついている関係だろう。

とにかくこの蚊の大群からぬけ出さなくてはいけない。右をつついたり左をつついたりしていると、やっと左側の方から逃げられた。逃げたものの、真っ暗である。平地だと思っていると、一メートルぐらい落ちこんでいたり、前に行けると思うと、石におでこをぶっつけたりしたが、とにかく土人たちのいる場所から一メートルでも遠くに行かないと、安心できなかった。

ところがゆく手の方にガサガサと音がする。耳をすましてみたがたしかに何者かが近づいてくる。とにかく目の前は「一寸先は闇」という言葉があるが、文字通り黒一色だから音で見るしかない。音はお父さんの前でピタリと止まった。

そして、

「フーッ」

「フーッ」

と息をしているのだ。しかも、相当コウフンしている。お互いにハッキリ相手が見えないから、じーっとしていた。

五分、十分とたち、二、三十分もたつと、もうお父さんは、緊張しているのが我慢《がまん》できなくなった。腰にあった短剣をぬくと、

「ボーイ」

と叫んで、飛びかかった。

「ブブーッ」

と叫ぶと相手はジャングルの中へ逃げた。

相手は野ブタだったのだ。

野ブタといってもいのししよりも大きいのがいるし、土人なんかで、よく手や足をかみきられたのもいたぐらいだからオソロシイ。

やがて夜が白々と明けるころには、相当高い山の中腹にいた。そこで寝た。目がさめると、日はじりじりとてりつけていた。体のフシブシが痛む。やけに水がほしい。下半身は傷だらけ、血だらけだった。

前の方を見ると、小高い丘のようなところに、一本の小さい椰子の木があり、実が一個だけなっていた。あたりは別天地のように静かだった。

「あの高さならとれるかもしれない」

近づいてみると、わずか五センチ位で手がとどきそうだったが、どうしたわけか足腰がふらついて、ばかに重い。二センチ飛び上ると手にふれたが、その二センチ飛ぶのにたいへんな努力がいった。とにかく目の前に水のかたまりがぶら下っているのだ。登ってみようとしたが、体が鉛のように重く、ナマケモノという動物のように登ろうとすると、体が下に下がってしまう。

何時間かかったのかよくおぼえていないが、とにかくもぎとった。腰にあった大切な短剣は、いつしか落ちていて、固い椰子を切るものがない。丘の上の太陽は、真上

にきてえらく暑いが、近くには木かげもなかったので、その丘の上の岩に椰子の実をぶっつけて、皮をはぐ作業にとりかかったが、なかなかうまくいかない。なにしろ椰子は、厚さ七、八センチの繊維《せんい》にかこまれている。一時間もすると、椰子の中の固い殻《から》の部分に達した。あとこの殻を割れば水があるのだ。お父さんはそれを思うと、思わぬ力が出て、岩にグワンとぶっつけた。水が流れ出した。あわてて口の中に入れようとしたが、椰子の繊維があまりにも左右上下に開きすぎていて水はその繊維にそうて流れ、両ほほを伝わり、やたらと首すじと胸がぬれるだけで、口の中には一滴も入らず、ただなんともいえないくやしさがこみ上げるばかりだった。二、三時間かかって、ただ胸がベチャベチャとしただけだ。

「水だ」

「とにかく水だ」

と心の中で叫んで、川のありそうな方にむかった。

するとどうしたわけか、ジャングルの中に小さな道がついている。きっと「間道《かんどう》」というやつだろう。道が新しいところをみると、敵の特殊部隊がつけたものかもしれない。よく見ると、新しい足跡がついている。とにかく早く水を飲んで体力を回復しなければいかんと思って、川の音のする谷の方へ進んだ。すると、前の方でカサカサという音がする。同時に後ろからも、左手の方からも、右手は断崖になっていたから、三方から囲まれた感じになる。

敵に囲まれたと思いあわてて断崖から飛びこもうとしたが、断崖の下は椰子林になっており、三十メートル位はあったろうか、命がけである。念のために、もう一度たしかめてみようと、そーっと近づいてのぞいて見ると、囲んでいるのは野鶏《やけい》だった。野鶏というのは、ニワトリが野生化したものであろう。木の上や幹を平気で上り下りする。木の上で虫を食べているので、つかまえて食べようと思って手をのばすと、五メートル位飛んだ。

とにかく腹はへるし、川の音のする方に下りた。滝のような小川があり、水を飲んだ。よく見ると、そこの水たまりにエビがいた。深山の小さなタライみたいなものだ。つかまえて食べようとしたが、なかなかつかまらない。三、四十分してやっとつかまえて、そのまま口の中へ入れたら、エビの中から水が出てきただけだった。まるでビニール製のエビを食っているようで、肉もなにもなかった。それでもエビを食ったという満足感から、なんとなく体が充実した。

川を伝って下に下りると、ひさしぶりに大便をしたくなった。岩の上にやってみると、先程のエビが、カラのまま少量の味噌《みそ》をまじえた感じで出てきた。考えてみりゃあ、あれからパパイヤと、このエビぐらいしか食べてないのだ。腹を見るとペチャンコだった。川の方へ下ると、土人の家が二、三軒あり、空家だと思って通ると土人の声がする。びっくりして家のかげにかくれ、また次の家のかげにかくれして、その部落を脱出したが、ここでみつかったら百年目だった。そのころから夕方の鳥が鳴き出し、川の本流とおぼしきところにたどり着いたころは、すっかり夜になってしまっていた。なにをどう間違ったのか、お父さんは、その川が、中隊の炊事場に連なっているという妄想にとりつかれて、この川の上流に行くことにした。川の流れのきつくない所には浮草《うきくさ》みたいなものが浮いており、陸だと思って平気で歩くと浮草で、いきなり肩まで水の中に落ちる。いくら南方でも夜は寒い。そのうち美しい月が出て川面を照らしたので、用心して歩いたが、それでも失敗する。すなわち、さまざまな種類の浮草があるのだ。

お父さんは、それでも炊事場にたどり着けると思って、川を上へ上へと進んだ。幸い、ワニがいなかったからいいようなものの、とにかく川の合流点、すなわち二つの

川が合っているところへ出た。

月光の下で見るその川原には、巨大な岩がそびえており、今まで見たこともない壮《そう》大《だい》で神秘的な景色だった。キングコングでもいそうな感じだった。どうやら考えが間違っていたと思うと同時に、なんとなくこわくなって、引き返すことにした。

一体これからどのぐらい歩くかと思うと、目もくらむ思いだった。わずかに残った体力を無駄《むだ》に使ってしまったということがくやまれた。あまり元気も出なかった。せっかくここまで生きたのだから、もうひとふんばりだと思うのだが、体もあまりいうことをきかなくなるし、バカにねむい。歩きながら、ウトウトしかけると、れいの浮草で、陸だと思うといきなり深みに体がザブンと入るから目がさめる。なにしろ川の水は冷たい。

ふと見ると、川下の方に光が見える。きっと土人部落だ。近づいてみると、土人の踊りで、たき火をしている。どうやら食物もたくさんあるらしいし、第一楽しそうだ。しばらく川をへだてて、土人の踊りを見ていると、単調なせせらぎの音と、単調な土人の踊りとでいつしか深いねむりにおちていった。いねむりするたびに、横にある大きな石で頭をうち、頭はコブだらけ、それでもいねむりは止まらなかった。

明け方、頭にさわってみたら、コブで頭がひとまわり大きくなった感じだった。やがて夜が明けたので、もう道も分からないし、逃げるのも疲れたので、土人に助けてもらおうと思って、川を渡って土人部落をおとずれてみた（もっとも土人といっても敵か、味方か分からないが……）。昨夜のにぎやかさとは違い、ばかに静かだ。あたりを見廻してみたが誰もいないし、期待していた食物はひとつもなかった。では昨夜のことは夢かなと思って、カマドみたいなものにさわってみると、灰がたくさんあり、しかもあたたかで、人体の温度と同じ位だった。手をふれてみると、まわたのようでとても気持がよい。たわむれに、体を入れてみるとスポッと入る。灰があたたかいから、とてもぐあいがいい。まるでマシマロに抱かれているようだった。お父さんは、つい、そのカマドの中で寝てしまった。のんきのせいばかりでなく、疲れていたのだ。

大分ねむりこけていたのだろう、目がさめたのは午後だった（二、三日寝ていたのかもしれない）。

とにかく方向らしきものもはっきり分からず、すなわち、ここがどこでどのあたりか、ということがさっぱり分からないのだ。歩いても、味方から遠ざかるかもしれないし、じっとしていては、餓死《がし》するばかりだろうし、とにかく海岸に出てみれば方向も分かるだろうと思って、あてもなく歩き出した。草原に生えていた野生のカボチャなんかを食って、どこをどう歩いたのか、二、三日かかってやっと海岸にたどり着いた時は、もうフラフラだった。

海岸に大きな木が倒れており、その横に小屋があった。お父さんはその中に入るなり寝た。どの位ねむったのか分からないが、起きて調べてみると、日本の兵隊の小屋らしい。というのは、リュックサックみたいなものがたくさん積んである。なにか食物はないかと捜してみると、「梅干精《うめぼしせい》」という罐《かん》に入った小粒の玉が出てきた。一つ口の中に入れると、とてもうまい。塩からいのにあまく感じた。二、三十粒みんな食べて、もっとないかと捜していると、靴音がする。いよいよ敵がきたかと身がまえると、ミレムの海軍サンだった。海軍の顔を見たとたん、全身の力がぬけて、歩けなくなった。

海軍サンの家で砂糖水を飲まされたが、あまりおいしかったので、

「もう一杯」

と言ったら断わられた。

戦況《せんきょう》を説明して寝たが、ひとたび寝ると二、三日起きられない。それに体じゅうが

痛い。みると傷だらけだった。まもなく陸軍がやってくるから、それまで休んでおれ、ということだった。

やがて小隊が四十人ばかりやってきた。海軍のところに滞在している間は下士官待遇だったが、小隊がくると急に兵隊の待遇に変わった。

四、五日滞在していたが、とにかく歩けるならいっしょに帰ろうというので、小隊といっしょに帰った。危険をおかして逃げてきた岬を何度もふりかえって、感慨《かんがい》にふけったが、ふりかえるたびに古兵が、

「おめえなにしてんだ」とこづきまわす。

なつかしい中隊に帰ると、人事係の曹長や下士官は、ニコニコして、

「よく帰ってきた」

といって賞《ほ》めてくれたが、小隊長は、

「お前はどうして陛下《へいか》からもらった銃をすてて帰ったんだ。銃がお前の体より大切なことぐらい分かっているんだろ」

としかられた。なるほど、死んでも銃を捨ててはいかん、といわれていたから、注意されたのだろうと思って帰りかけると、

「中隊長殿のところへ行け」

といわれて、山上の中隊長室に行くと、中隊長が出て来た。開口一番、

「なんで逃げて帰ってきたんだ、みんなが死んだんだから、お前も死ね」

寝耳に水、とはこのことだろう。内心よく逃げて帰ったと賞められると思ったから、よけいびっくりした。

それ以来、どうも、中隊長も軍隊も理解できなくなった。同時にはげしい怒りがこみ上げてくるのを、どうすることもできなかった。今から考えてみると、きっと中隊長は重い責任のために、ノイローゼ気味になっていたのだろう。戦後、いろいろ調べてみると、ラバウルでは、「その場所で死ね」というのが軍司令官の方針だったらしい。

毎日重労働がつづくところへ、毎夜不寝番。なんだか体の調子がおかしいので、不寝番の時、腰かけていたら、闇の中から、

「なにしとるんだーっ」

と声。便所から帰った古兵どののビンタ。

まったく地獄とは、このことだろう。

そうこうするうちに、ミレムの海軍が敵におそわれて退却した。まもなく空襲がはげしくなったり、魚雷艇《ぎょらいてい》が出没するようになった。敵の小部隊が裏山にいて、どうも通信をしているらしい、ということから、雨の日に出動することになった。

ジャングルを通って山の小さい道を行くと、小屋らしきものがあった。もうそのころは夕方で、南方の夕日は早く沈むから、すぐ真っ暗闇。

命令あるまで撃ってはいかんというのに、うっかりしていた分隊長が、どんなはずみか、一発ぶっぱなした。このために敵が気づいて、弾が飛んでくる。

横におった戦友が、腹をやられてひどく苦しむが、敵は撃ちながら同時に逃げるのであろうか、「進め」という命令はあるものの、とにかく弾がきて動けない。味方同士の小隊長と下士官が口論《こうろん》になり、すったもんだのあげく小屋を占領したが、敵はいなかった。

体がずぶぬれになったのが悪かったらしく、二、三日したら熱が四十二度も出るマラリヤになってしまって、動けない。しまいには足腰もたたなくなって、山の上の陣地から、衛生兵のいるところへおろされた。しばらくそこで寝ていたが、十日ばかりすると、熱が下がりほっとした。

そんなある日、寝ているところへ低空、大きな翼の敵機のマークが木かげに見えたと思ったので、穴の中に入ろうと思ったが、体があまりいうことをきかない。そこへ爆弾。爆風とともに左手にショック、と同時に鈍痛《どんつう》。

「やられたっ」

と思っているうちに、痛みはだんだん大きくなり、ものが言えないぐらいになった。

出血がひどいので、止血帯《しけつたい》というものを衛生兵がきてやったが、もうそのころは夜だった。世の中にこんな痛いことってあるだろうか、と思った。

血はバケツに一杯ばかり出たらしく、もうダメだということになり小隊長が自分の血を輸血してやるといったが、悪いことに、血液型を忘れてしまっていた。「多分O型だったかもしれない」というたよりないことだったので、輸血はとり止めとなり、あくる日、軍医さんが七徳《ななとく》ナイフみたいなもので腕を切断したが、その時はモーローとしていて、痛くなかった。

そのあとウジがわいたりして衛生兵は大変。「これでマラリヤが出たらおしまいだ」といわれていたが、奇蹟《きせき》的に助かった。いや助けられたのかもしれない。二カ月もすると、最後のダイハツが食糧を積んできたから、

ピュー
ピュー
ピュー

というので夕方、ダイハツのいるところに行く（ダイハツは川岸に葉っぱをかけてかくしてある）と船長がいう。

「この船は必ず敵の魚雷艇に発見され、九十九パーセントまで必ずやられるから、やられた時、船からはなれずじっとしておれ」

と緊張したおももちでいわれ、たどり着けるかと心配した。出航して五分もすると、海が荒れて波をかぶり、体中潮水だらけになった。

その日の夜中にブツブツというところに着いた。昼間は、敵がウロチョロしていて動けないから、ブツブツの川に、ダイハツは木の枝やらなにやらでかくし、じーっとしていた。ココボまで着けるかどうかは、全くの運だ。

やがて夜になったので、出発した。船長は前に乗った時と同じことを言って緊張させた。それから七、八時間かかったろうか、奇蹟的に魚雷艇にもあわず、ココボに上陸した。

「負傷者は乗れ」

# 土人部落

野戦病院にたどり着いたのは、真夜中だったので、いきなりねむりこけたが、夜中に目がさめた。スコールのため穴のあいた屋根から、水が額《ひたい》を直撃しているのだ。あまりのことにおどろき、

「あっ」

と思ったが、ねむりには勝てなかった。そのまま毛布をかけて朝まで寝た。

二、三日して、マラリヤの再発である。病院だからと安心していたが、なかなか治《なお》らず、しまいには、頭の毛がうすくなり、禿頭《はげあたま》になるのではないかと一時は心配したが、なんとかマラリヤの方はおさまった。が、なにしろ、一年近く風呂に入らないから、全身がなんとなくかゆい。

一本残った手には、かさぶたのようなものができ、みるみる広がって箸《はし》をもつこともできなくなった。そこへもってきて、めしの量が少ない。一日に茶碗《ちゃわん》に二ハイぐら

いの分量、お父さんは、なんとか胃を悪くして、空腹の苦しみからのがれようと思ったが、なかなか思うようにはいかない。生れつき人の三倍も胃がいいのだ。

敵は毎日空襲にきていたが、これは毎日のことでなれていた。ところが、夜、現われるようになった。夜中にピカッと照明弾《しょうめいだん》を落とすと、そこらじゅうが明るくなる。そして爆弾を落とすのだが、これがまた、どうしたわけかよく命中する。

寝ている小屋の前に防空壕《ぼうくうごう》が掘ってあったが、ピカッとして、シュルシュルシュルという音がすると、壕の中に入るのだが、夜中はねぼけているから、あわてて穴のないところへ猛烈な勢いで入ろうとする。だから、よく頭をぶっつけて、コブができた。たいていそんなことのあったあくる日、腹とか、首に穴の空いた兵隊が、お父さんの横に入れられた。

気の毒なのは、腹をやられた兵隊で、とても苦しがり、一日中さわぐから寝れない。夜中に静かになったと思って寝ると、あくる日は死んでいた。死ぬと衛生兵がきて、どこかへはこぶ。すると、お父さんの横がまたあく。二、三日するとまた、苦しがる兵隊が、入れられる。といった生活で、ある夜、寝ているお父さんがたんかに乗せられるので、びっくりしたことがあったが、その屍《しかばね》専門の衛生兵は、右から四番目と、五番目のお父さんをとりちがえたらしい。もっとも、そのころのお父さんは、死者のような顔色だったのかもしれない。そうした騒ぎは、二、三カ月でおさまった（すなわち、敵の爆弾が命中しなくなったのだろう）。

栄養失調のためか、なかなか傷が治らず、軍医さんに、

「お前、椰子のコプラを食いすぎるんじゃないか」

と注意されたりしたが、とにかく半年以上もたったのに治らない。そのうち、ナマレという所に、手足のない者が集められることになり、ナマレという所へ行った。そのころは、大分元気になっていた。

毎朝五時に起きて畑仕事である。四、五十人の者が働きに出るが、敵機がくると、畑のうねにかくれる。

作業はもっぱら衛生大尉が指揮しており、これがまた、一兵卒から大尉になっているから、ねずみ男のように、軍隊の表裏を知りつくし、兵隊の心理を心にくいまでに知っている。年は五十近く「ガジ」という渾名《あだな》だった。

もう一人は軍医で、もっぱら傷を治療する係。時々軍刀を忘れるだけあって、なかなかのヒューマニスト。時々「オーソレミオ」などを大きな声で歌って、「ガジ」に

しばしばたしなめられていた。

隊長は、軍医大尉だったが、これがまた善良な町医者タイプ。大過《たいか》なく軍務を果たし、社会に害毒をながすことなく、善良な開業医として一生を幸せに暮らすことを念願していたから、わずかな事故や失敗も常にビクビク。

毎朝の点呼に必ず一番あとに現われ、しかも、勤務中に突然蒸発するお父さんは、常に将校室の注目のまとだった。

めしが少ないのでひどく腹がへる。パパイヤの根をとってきて、毎日飯盒《はんごう》に一杯食べるのだが、やたらにパパイヤの根ばかり食べていると、パパイヤの木が無くなるし、ほかの植物を開拓《かいたく》する必要があった。

第一パパイヤの根はまずかった。創意工夫となると、少し自信があったのだが、どうしたわけかあまり成功しなかった。木の葉のシンを集めれば、ゴボウのような味がするだろう、と思ってやってみたが、ゴボウより固く、木のようで、とても食えたものではなかった。

勤務中、ジャングルにわけいり、巨大なワラビを発見し、鼻の穴をふくらまし、もって帰った。二メートル位で直径が十五センチはあったろう。それを切りきざんで飯盒で煮てみたが、まるで、かたくりのようにヌルヌルだらけで、食べてみると、えがらっぽくて食えたものではない。

水は雨水しかないから、雨が何日も降らないと、顔も洗えない。そうした日が一、二カ月もつづいたので、初めて雨が降った時、しめたとばかり、アカだらけの手ぬぐいで体をふいたら、あくる日、マラリヤである（マラリヤに水浴は禁物《きんもつ》とされている）。

毎日軍医さんが尻に注射をするのだが、なかなか治らない。

しまいには四十度ぐらいの熱がしょっちゅう出て、暗い穴の中で、一週間も寝ていた。

良くなったので、外を見ていると、土人の子供がときどき通る。

「ははあ、このあたりには土人がいるんだなあ」と思った。

みんな作業に出て静まりかえった防空壕の中で、ぼんやりしているのは、きわめてたいくつだ。

あまり出歩くと、マラリヤになるが、天気がよいので、つい近くの山に行くと、土人が一人いた。トウラギリギという土人で、パイナップルをむいてくれた。それから

たびたび土人部隊をおとずれた。

土人は縄文人《じょうもんじん》のように、みんな見晴らしのよいところに住んでいる。遠くの海の方を見ながらバナナを食べていると、戦争しているのか、天国にいるのか、分からなかった。それほど、お父さんは、土人部落のフンイキが好きだった。

土人は、ビンロウ樹の実と、サンゴ礁《しょう》の粉末と、木の実を口の中に入れて、口の中で酒を作る。それを「カナカウイスキー」といった。口から赤いつばのようなものが出るので、カナカウイスキーを食べている土人は、すぐ分かる。

お父さんは、かねてから、このウイスキーを食べてみよう、という気持があったので、トウラギリギにビンロウ樹の実をもらい、サンゴ礁の粉末「カバン」とともに口の中に入れ、木の実もほうりこんでみた。そのトタン、頭がフラフラーッとして、目まいがしたので、あわてて、カナカウイスキーをはき出した。相当きついウイスキーなのかもしれない。トウラギリギは大声で笑った。

あくる日土人部落に行こうと道に出ると、ドタドタン、パーンというやかましい音。空に旋回《せんかい》していた敵の飛行機が見つけたのか、機銃掃射《きじゅうそうしゃ》である。爆音はしょっちゅうしているので、気にしなかったのが悪かったらしい。

体の中心がとれなくて、斜めに道路を横切ったのがまずく、しつこく旋回しては撃ってくる。椰子の木の陰にかくれていると、死んだと思ったのだろう、敵は去った。

兵舎になっている前の道路というのは、普通は砂の道だが、雨が降ると川になるという、不思議な道だった。この道を川上の方へ行ったらどうなるのだろう、と毎日考えていたので、ある日、その道をぼつぼつ歩いた。道はいつしか消えて、土人の足跡のついた小さな小道に出た。やがて断崖《だんがい》のようなところがあって、その上に大きなパンの木のあるところへ出た。一メートル位の断崖を飛びこえると、そこに大きなパンの木があり、実がたくさんなっていた。その下が生垣《いけがき》をめぐらした土人部落である。なんていいところだろう、と思って近づいてみた。

右側には、高床式《たかゆかしき》で、中央のは、静岡県の登呂《とろ》遺跡みたいな屋根をめぐらした家、左側に、小さな家が二、三軒あり、木には、見たこともない花が咲いている。こいつが、ますます異界に来たような気持にさせる。

いつしか、桃源郷《とうげんきょう》か、縄文時代に来たような気持になって、めしの用意をして食べようとしている土人のところへ入って行った。

まず老婆《ろうば》と少年に目があったが、老婆はニンマリ笑って、うなずくようなあいさつ。

お父さんは、もう別世界に来た気持でいるからあいさつなんてものはしない。微笑で十分のつもりだった。

老婆はイカリアンといい、少年はトペトロといった。イカリアンは、さっそく、芋《いも》を食べてもよいという合図をしたので、お父さんは少し遠慮すればよかったのだが、みんな食べてしまった。

高床式の家から新婚のトュトとエプペ夫婦が現われたが、食物がないので騒ぎになった。イカリアンが家から現われて、二言三言なにかしゃべったら、騒ぎはおさまった。どうやらこの部落は、すべて老女イカリアンの指図で動いているようだった。トペトロはかしこい少年で、よく戦況のことなんかも知っており、時には、恋愛の話もしてみたことがある。

高床式の家に住む花嫁エプペは美人で、どうやら十五、六歳だった。夫はトュトといった。

お父さんは、朝から兵舎である壕をぬけ出し、イカリアンの部落を訪《たず》ねた。

ある日、エプペの家の天井《てんじょう》に本があったのでみると、ローマ字で書いたカナカ語のバイブルだった。面白半分《おもしろはんぶん》に声を上げて読むと、やたらにパウロという名が出てくる。

そのたびにみんなが笑い、お父さんは、それから「パウロ」といわれるようになった。

元気になると、傷もだんだん治ってくる、ある日、手の傷の臭《くさ》みをかいでみると、赤ん坊の臭いがする。新しく生れかわる臭いだ。なんとなく希望のようなものがわいてきて、軍刀はよくわすれるが、親切な軍医に、ついその事をいうと、

「そうなんだ、自然には、自然良能《りようのう》といって、自分で傷を治す力があるんだ。我々はただそれを見守り、保護しているにすぎんよ」

というのだった。なるほど、そういわれてみればそんな気もする。

そうだ。大地にはものを生かす力があるのだ。我々は生きているのではなく、生か、さ、れ、て、い、る、のかもしれない。

じっと手を見ると生命線が二十歳ぐらいで切れていたのが、いつしか、つながっていた。お父さんは、八十ぐらいまで生きられるなあ、と思った（これはすごくうれしいことだった）。

外をみると月が輝いている。こうした時、土人はどういう生活をしているのだろう、と思って、行かなくてもいいのに土人部落をおとずれてみた。彼らは椰子の葉を編んだものを外に出して、寝ながら月をながめていた（それがまたお父さんには感激だっ

た)。まったく夢の国の住人だ。

あくる日、誰に見つけられたのか、土人部落に行ったことが問題になり、ガジという大尉に、今後、土人部落に行くことはまかりならん、といわれた。

しかたがないからパパイヤの木の根を煮たり、トカゲの死んだのをとったりしていたが、なかなか空腹はおさまらない。そこへもってきて、ラバウルは、十五年間の長期戦に突入するとかで、急にめしの量がへらされたからたまらない。なんとか飢《う》えをしのぐには、自分で研究しなければいけないことになった。夜、芋泥棒《いもどろぼう》に行く兵隊もたまにいたが、芋もそう無限に畑にあるわけでもない。

南方はなんでも作物の成長が早い。空地に芋を自分で植えたらどんなものであろう、と思い、草の生えたジャングルの草をむしっていたら、トペトロがやってきて、

「そんなところじゃあ、芋は生えやしない」という。

部落のようなところでないとだめだ、という。するとお前とこの部落のまわりはどうなんだ、ということになり、視察《しさつ》に行くと、なるほど適当な平地がある。

お父さんは、早速竹ベラでそこを耕しだした。すると竹の先に黒砂糖をとかしたようなものがつき、ひっぱるとスーッとあめのようにのびる。はて、と思って嗅《か》ぐと、

糞《くそ》の臭いだ。見かけない糞だから、多分鶏《にわとり》の糞だろうと思い（また不思議に人糞の臭いがしなかった）、糞は少々あってもこやしになるだろう、と思って耕やすと、限りなく黒砂糖飴《あめ》のような糞が出てくる。

まもなくイカリアンが出てきて、

「おー、おー、ぺケぺケ」と手まねで止めろという。

なるほど、それはぺケぺケ（糞）地帯だったのだ。すなわち、便所であったのだ。土人たちは猫のように、竹ベラかなにかで、チョット掘り、その中に糞を入れ、上に土をかぶせるらしい。

「とにかく芋畑が作りたい」

というと、イカリアンは、二、三日ちゅうには作ってやるから、ぺケぺケ地帯をほじくるのは止めてくれ、というので帰った。

このころからマラリヤは一応治ったことになり、朝から作業である。片手の曹長といっしょに、桶《おけ》の中に便所の糞を入れて、山の上の畑に持って行く係だった。

戦地だから便利なものはない。板ギレをドラム罐《かん》（便所は、ドラム罐が埋めてあった）の中に入れて、桶に入れるわけだが、お父さんは、キャッキャッとインディアンのような声をあげて、糞の中に板ギレを入れる。それは声を出さねばならぬほど固く、ねばっこいから、宮本武蔵のような気合で入れなくては、しまつにおえない。サッと入れて、スーッと抜くだけで、水分のなくなった糞は板の両側に五センチぐらいくっつく。なにしろ、南方で日照りがきついから、糞に水分はない。まるで、鳥もちのようにねばっこいから、桶に入れるというよりも、ちょうど、つきたての餅《もち》を板につけてこすり入れる、といった方が適当だ。ボヤボヤしていると、手がつけられなくなるから、キャッと入れて、キャッと引き抜き、キャッと桶に入れなければいけない。少しでも糞もちがどこかにつけば、おしまいである。水もあまりないから、洗うことができない。勢い宮本武蔵みたいに一本勝負のような気持になって、飛びはねたり、思わず声が出たりするわけだ。

それを奈良の大仏のような顔をした曹長とともに山の上にあげる。山の上の畑は日が当り、雨が長い間降らないから乾燥している。糞を上にのせるといっても、大変だ。なまやさしいことで糞は一歩も動かないから、桶の中に板ぎれを入れて、大地にたたきつける。それもいいかげんな勢いでは、板から糞がはなれない。だからその時は、大地にたたきつけると同時に引く。それはなんでもないようで、非常にむずかしい。

大地にたたきつけた時、糞がとんで、ズボンにでもついたらおしまいである。心をこめて、大地にたたきつけなければいけない。

　みんなパパイヤの根（こいつは栄養がなくて、繊維ばかりであるから、すぐ糞になって、二日ぐらいでドラム罐は一杯になる）を食うから、ほとんど毎日、この糞作業にはげんだ。しかし食う物もロクに食わずに毎日作業するのは大変だった。ときどき休み時間に話すと、みんな、

「もうこんな真綿《まわた》で首しめられるような生活より死んだ方がいいよ」

といった生活だったが、お父さんだけは土人と交際する生活が楽しかったから、狂人のようにはりきっていた。

　あくる日、作業の休み時間を利用して、イカリアンの部落にはせつけた。

「おーい」

とみんなが集まってきて、ペケペケ地帯の横を指さす。

「お前の畑だ」というわけだ。

　みると三十坪ぐらいのところにうねが作ってあり、芋が植えてある。大好きなむらさき色の芋の葉だ。こいつは小さいが、中がむらさきで、とてもうまい、お父さんは、

なにか巨大な富を得たような気になって、その夜はうれしくて、あまりねむれなかった。

あくる日、部落に行って、褌《ふんどし》を一つやった。褌といっても新しい上等の布だから(使用後のものではない)、二、三日してトペトロがそれをマスクにしてモダンな気がしたのだろう、やたら道を歩いていた。軍医さんのマスクを真似《まね》たのだ。

ある日ぶらりと行くと、トユト、エプペ夫婦がパンの木に上って、パンの実をとっている。なんというのどかな生活であろう。

ポカンと見ていると、家の方に行けと指さす。なんだかバナナの葉にくるんで、石焼にしてある。食べてみろというわけだろう。椰子の油と、ほうれん草みたいなものだった。食べると、ものすごくうまい(今はどうか知らないが、その時はうまかった)。

「これはなんだ」と聞くと、

「カナカアイピカ」

すなわち、カナカほうれん草というものだという。

「一番うまい」

というと、トユトがエプペにむかってアゴを少し動かす。するとエプペは、バナナの葉にアイピカを少し包んでくれた。帰りかけると、パンの実が二個結んである。もって行け、というわけだ。そのころは飢えていたから、宝物をもらったような気分だった。

あくる日はエプペの妹がきており、近所で親父が酋長《しゅうちょう》をしているというので、行ってみることにした。マラリヤ三日熱ということで休養を命ぜられていたから、兵舎をぬけ出しての冒険である。

丘の上を少し行くと、エプペによく似た母親がおり、かねてから話を聞いていたとみえて、もう仲間あつかいである。エプペのお父さんが出てきて握手《あくしゅ》すると、彼はさも自慢そうに、小屋を指さす。中を見ると、小さな子安貝《こやすがい》というやつだろう、そいつがたくさんつながって、直径二メートル位の輪になったのが、三つもある。

これはカナカマネイという貝貨で、この小さな貝貨は、三センチで煙草の葉一枚、四センチでパパイヤ一個、十センチでバナナ十本と交換できる。エプペのお父さんは、これを一メートルばかりくれた。すっかりいい気持になって、引き上げた。丘の上には夜になると光る木があり、まるで夢の国のようだった。

下界である兵舎（壕）に夜になって帰ると、お父さんが脱走したのではないかと、大騒ぎになっていた。考えてみると、大切な点呼の時間が、とっくにすぎていた。むろん、将校室に呼ばれてビンタである。

壕は谷間にあるから、夜になると、けたたましく虫や小動物が鳴く。その夜は新世界の住民になった気持で寝た。

ある日のこと、朝っぱらから土人の子が、あわただしく走ってくる。

「パウロ、大変だ」という。よく話をきくと、

「大切な畑が荒されている」というのだ。

何者が大切な畑を荒らしたのだろう、と走って行くと、通信隊の電柱が一本立っている。まあ芋に換算すれば、せいぜい五、六本の損害であろうか。彼らにしてみれば

「聖なる畑が軍靴《ぐんか》でふみにじられた」ということに怒りを感じたのであろう。老婆イカリアンは、鼻水のような液をたらしてのふんがいぶりだった。そのうち空が曇《くも》ったので、あわてて帰った。

イカリアンの部落の近くに、トベという、いつも浮かぬ顔をした土人がいたが、途中で雨が降ってきたので雨宿りした。いわゆるスコールというやつである。

トベはパイプをくわえて、やたらに火をもやす。お父さんはそのころ土人になったような気持でいたから、同族のように土人の動作が気になる。

「どうして火をもやすんだ」と聞くと、

「アトバラナが入ってくるからだ」と無表情にいう。

アトバラナとは、お化けのことである。

とにかく、部屋の中に煙をあるていど出しておかないことには、アトバラナが入って困る、というわけ。

また、入口の戸（戸といっても椰子の葉でできているささやかなものだ）をしめておかないといけないという。夜中に寝ぼけて火をたやしたりすると、すぐアトバラナが侵入してくるという。

トベは、バナナの葉の枯れたのと煙草の葉をさし出した。煙草を喫《す》え、というわけだ。バナナの枯葉で煙草を巻くと、火のついた大きなマキを出す。煙草に火をつけると話である。

アトバラナは、昼間、ジャングルの木陰にかくれていて、たいてい、夕方から夜にかけてやってくる、という。笑うと、

「まて、いまどこかで鳴いているのはアトバラナだ」

と耳をすます。ボーボーとへんな声がする。

「あれはメスで、オスもいる。オスの声はまた違う」という。

「今年、妻がアトバラナのためにやられた」と前の方を指さす。

家から三メートルぐらいのところに土まんじゅうのようなものがあり、花が供《そな》えてあった。なるほど、やはり南方でも妖怪はいるんだなあ、と思っていると、

「おーい」と声。トンボックである。

トンボックは、憲兵《けんぺい》ボーイで、煙の出しすぎを注意する役目だった。

「あまり煙を出すと飛行機がくるぞ」とトベに注意する。

スコールが上ったのでさっそく、軍刀をよく忘れる軍医に妖怪アトバラナの話をすると、

「そりゃあキミ、マラリヤ蚊のことだよ」ということだった。

考えてみりゃあ、マラリヤ蚊とアトバラナはよく似ている。

その軍医の話によると、方面軍の命令で、あまり用もないのに土人部落に立ち入ってはいけない、という命令が出たという話だった。やがてガジ衛生大尉から、

「土人部落に行ってはいけない」

という厳重《げんじゅう》な命令が出たが、悪いことに、そのあくる日、見回りにきたガジ大尉と、土人部落の入口でバッタリ出会ってしまった。ただでさえ適切な言葉の出にくいお父さんは、ただ、

「う、う、う」と三度口の中でもだえただけだった。ガジ大尉は、

「将校室へ来い」の一言。

仕方なく将校室に行くと、いきなりビンタが四つばかりサクレツした。

「わしはなあ、お前が小さい時から軍隊にいるが、お前みたいな兵隊は初めてだ。どうして行ってはならんというのに行くのだ」というので、

「つい、足がむいたものですから」

といいかげんな言葉を吐いてしまった。この一言がまずかったらしい。

「お前、帰っとれ」

といわれたので壕の中で寝ていると、夜、月があまりきれいなので、外に出てみた。外に出ると、将校室で大きな声がする。なんだろうと思って耳をすますと、お父さんのことである。

「とにかくあれだけ軍律をおかすんだから、普通ではない、気違いだ。檻《おり》を作って入れよう」

と、ガジ。それに反対する軍刀をよく忘れる軍医。

議論はわりに長くつづき、一時は、どうなることかと思ったが、幸い、檻に入れられないことになったものの、どうも状勢が悪い。それにマラリヤもときどき出るようになったので、しばらく谷間の穴や作業場にいた。

朝掃除をしていると、なつかしいトペトロとエプペがおりてきて、よく兵隊にからかわれていた。そういう時、お父さんは、

「おいやめとけやめとけ」

といって、止めたりするので、兵隊の間では、日本人より土人に近いと思われたのだろう。土人とのイザコザが起ると、いつもお父さんが引っぱり出された。

# 別れ

もうすっかり元気になったと思って安心していたら、ばかに体がだるくなってきた。熱発《ねっぱつ》（マラリヤ）である。慢性《まんせい》になったらしく、下ったと思うと、また熱が出る、といった日が何日もつづく。一日中寝ているという生活に急変した。仕方がないから、みんなが作業に行ったあと、ぼんやり考えながら暮らしていた。いったい文明なんてなんだ（そのころは、日本人を土人と比べて、文明人だと思っていた）。いじめられ（お父さんは階級が一番下だったので常に兵隊になぐられていた）、そして、なにかあると、天皇の命令だから死ねとくる。

それにくらべて、土人の生活は、なんとすばらしいものだろう。原始生活のいい方向がのびずに、妙な方向に人類は進歩、いや、狂歩してしまったのかもしれない。その証拠にやたらに心配ばかりふえて、忙しいばかりで、なにもない。なんとか、このすばらしい原始生活を改良して、本当に生きがいのある「近代原始生活」といったものでも発明できないものかなあ、と考えたりして暮らしていた。

そのうち、どうしたわけか、マラリヤがみるみる悪化して、熱が四十度以下に下らない。お父さんは穴の奥に寝ていたが、入口に寝ていた曹長《そうちょう》と場所を代わることになった。死ぬ前の兵隊がいい場所に寝かしてもらえるのだが、お父さんはマラリヤで少しボケていたので平気だった。穴の入口は光が入るからぐあいがよい。

いぜんとして、乾パンめしものどへ通らず、熱も下らないまま、ある夜、突然注射がこわくなり、じっとしておれなくなり、軍医さんのところへ行くことにした。あとで分かったことだが少し狂ってきたのだ。

ヨロヨロと歩き出した時は、意識もあまりはっきりしてないようだった。気がついた時は、豪雨で川みたいになった道をヨロヨロと歩いていた。熱い体に冷たい雨が、なんとなく心地よい。外は真っ暗で、何がなんだか分からない。

そのうち、ジャングルの中に入り、前にも後ろにも行けなくなってしまった。動こうと思っても、指と首ぐらいしか動かない。「ああ、俺はこんなところで死ぬのか」と思ったまま意識はなくなった。おそらくそのまま放置《ほうち》されていたらお父さんは生きていなかったかもしれない。

ガヤガヤという声がして、二、三人の戦友と軍医さんが、手足をもって壕《ごう》の中へ運び、リンゲルという注射を射たれた。お父さんは、あらぬことを口走った。口々に、

「脳症《のうしょう》だ」

という声が聞こえていた。

病気は一進一退で、寝たままだった。目がさめたら、昼だった。いくぶん気持のよい時は、外を見ることができたが、外では「肉攻《にくこう》の歌」といって、全員戦車に体あたりして玉砕《ぎょくさい》する狂歌が、毎日歌われていたから、なんとなく死の気分がただよい、いま生きたとしても、どうせ敵が上ってきて一年後には死ぬだろうというのが、そのころの兵隊の気持だった。というのは前線がはるか後方の沖縄あたりになっているのだ。

穴の中で、することもないから、もっぱら半年後とか、一年後のことを空想していた。ジャングルの腐《くさ》った葉に埋《うず》もれている骨。口をあんぐりあけたガイコツ。骨は左手がない。それが、一年後の姿かもしれない。

頭も少しおかしかったとみえて軍医さんをなぐったりしたのもそのころだ。特別に食物を作ってもらったりしたが、元気はなくなるばかりだった。もう体もやせて動かなくなり、ぼんやり外をながめていると、トペトロが通る。

「おーい」

といって、手まねきすると、だまってニヤニヤしながらきた。あたりは静かだった。

「みんなどうしてる。俺はマラリヤで、もうだめだ。果物がほしい。夕方もってこい」といった。

夕方というより夜に近いころだった。なにか冷たいものが、手にふれるので、びっくりすると、土人の子だ。黒いものが暗いところにいると、わかりにくい。どうやら、トペトロが部落に帰って、パウロの伝言を伝えたのだろう。かわりに子供がもってきたのだ。子供はだまって立っていた。

見ると、大きな木の葉に、バナナやパイナップルやら、料理してのせてある。三カ月ばかり、そんなものを食べていなかったものだから、むさぼり食った。あまりうまかったので、

「明日ももってきてくれ」といってしまった。

すると夕暮れの、日本の兵隊のいないころ、また木の葉の皿に果物をのせてもってくる。

「明日は、タピオカだ」

たわむれにそんなことをいうと、また木の葉の皿に入れてもってくるのだ。

雨の日は休みだったが、二、三カ月ばかり、そんなことがつづいた。お父さんは少し元気になった。土人の子になにかやろうと思ったが、何もなかった。

だいぶマラリヤもよくなったので、ときどき、軽い作業をするまでになった。土人たちが、ときどき畑で踊りの歌を歌っているのが聞こえた。

お父さんは一度土人の踊りが見たいと、前から思っていたので、道で出会った時トペトロに、

「踊り見せてくれ」というと、

「その季節にならなければいけない」という。

それから二、三カ月たって、だいぶ元気になったころ、そのシンシンの季節がやってきた。呼びにくるというので心まちにしていると、ある日、トペトロやトブエ、未亡人で子持ちのトンブエ、それにエプぺまでが、コウフンして、鼻の穴をふくらませてやってきた。

「おーい、土人やでーっ」

といわれたので、ハッとして見ると、

「パウロ、シンシンだーっ」という土人の声。

お父さんは、ちょうど運悪く、めしの当番だった。となりの兵隊に、

「おい白井、バナナ一房やるからめし当番代わってくれっ」

というが早いか、土人とともに、ジャングルの中へ走って行った。後ろの方で「憲兵にやられるぞーっ」という声がきこえたが、それどころではなかった。

近くであるのかと思ったら、バカに遠い。途中で、イカリアンに会ったが、イカリアンまでキャッキャッとインディアンもどきの悲鳴をあげ、コウフン気味だった。

お父さんは体力が回復していないらしく、小さなまがりくねった道を行くと、いきぎれがするし、足も、思うように動かない。するとトブエが助けてくれた。

やがて、かすかに太鼓の音が聞こえた、もういけない。土人たちは、いっせいに走り出し、老婆《ろうば》イカリアンまで、お父さんをおいぬくしまつ。こんな老婆に負けるかと、あわてて走って、つまずき転んだ。エプペが引き返してきて、

「パウロ、もうすぐだ」

という。やはり、エプペはやさしい。トペトロたちの姿は、もう見えなかった。

広場にたくさんの土人が集まっており、ラバウル付近の大酋長《しゅうちょう》と称する土人が、ニ

ヤニヤしながら近づいて、握手をした。それは、トペトロの親父《おやじ》だった。頭はもう白髪だ。

やがて踊りが始まると、踊りといっても彼らのは、たくさんの人が同時に踊り出すから、ものすごい迫力だ。大地を、大きな足でふみならす地ひびきが、またたまらない。内臓にしみわたる。

頭には、いろいろな色をしたワニだとか、鳥みたいなものを作ってかぶり、歌うというより、絶叫《ぜっきょう》する。お父さんも、思わず「キャーッ」という日本人ばなれのした声が出るのをどうすることもできなかった。それは、今までよく土人が畑で歌っているのを耳にしていたからだ。

なにをしなくても、お父さんの体は土人の踊りと同じようにゆれ、首も同じようにかたむくのだった。緑色のジャングルで踊る絶叫は、これこそ芸術というものだろう、と目をつぶって思わず体を動かすと、笑い声がする。ふりむくと、土人たちが笑っているのだ。もうすっかり踊りに酔ってしまって、お父さんは、ここに住もう、という気になってしまった。

踊りは進み、四番目の時に、トウラギリギは、戦闘の踊りで、竹でなぐりあう時、

竹が目に入り、踊りは中止され、みんなガヤガヤと、酋長のまわりに集まった。酋長の裁定《さいてい》で、竹を目に入れた方が、カナカマネイを十メートルばかり払う、ということでおさまった。

（この事件のことを三十年後、再び訪れてトペトロたちに話すと、とてもなつかしがった。）

もうぼつぼつ、彼らの作ってくれた畑の芋も食べられるころではないか、と寝ながら考えた。黄金のサツマ芋、むらさきの芋は、たしか、ラバウルにきてから二、三個しか食べてない。

あくる日、朝行ってみると、部落には誰もいない。未亡人のトンブエが子供と二人いて、

「みんなガーデン（畑）だ」という。

土人の畑に行ってみると、せまい場所にいろいろなものが植えてあり、全く奇妙な園だった。そこでイカリアンやエプペ、それに少年たちが、うごめいていて、

「アカウカウ（芋）はまだ早い」という。

彼らは、豚を食べてしまっていなくなったのか、豚の代わりに犬を飼っている。その犬は、パパイヤの皮を食べたり、人間のつばをなめたりして、やせている。その犬たちも畑にいっしょにきていた。彼らは犬猫をプチと称して、家畜と考えている。

あくる日、みんな集まれ、というので広場に行ってみると、ハナ髭《ひげ》を生《は》やした大佐が、ポツダム宣言を受諾《じゅだく》したという話。

「なんや、日本が勝ったんか」

と兵隊たちはささやいた。ジャングルの中でなにも知らされずにいて、いきなり、

「ポツダム宣言を受諾した」

といったって分かりにくい。どうやら日本が負けて、戦争が終るらしい、ということだろうと、みんなで話しあった。

まもなく米の配給もふえ、壕の中から、もっと景色のよいところへ移動することになった。いよいよ、土人たちと別れる時がきたのだ。しかたがない。一応土人に言おうと、靴をはいて丘の上に行った。

お父さんが、

「いよいよ移動しなければならなくなった」

というと、土人たちは、「ふわ」と声のような、空気のようなものを出した。そして、「お前が遠くの方に行くのなら、軍隊を脱走してここへこい」という。特に未亡人のトンブエが熱心だった。彼らは口々にいう。

「お前がここに残るなら、畑も作ってやろう」

「家も建ててやろう」

「踊りも見せてやろう」

そしてトペトロは、はるか台上を指さし、

「こんどあの丘に大きな踊り場ができるんだ」

という（これでも、この部落に住まんのか、といった顔つき）。

家の中からイカリアンが出てきて、

「日本に帰ってはいけない。お前この部落の者になれ」という。

するとみんな、

「そうだ、そうだ」

未亡人トンブエは、特に手まねきし、家のかげに呼び、ザラザラした皮膚病《ひふびょう》の肌《はだ》を近づけ、

「お前、今日にでも軍隊を飛び出してこい。ほれ、そこの空地に上等の家を作ってやるとみんなが言ってる。ここはいいところだ」とヒソヒソ声でいう。エプペ姉妹も、トンブエ未亡人によりつかれてはたまらない。

「ここにのこれ」という。

さてどうしたものかと、壕の寝床で考えてみることにした。

内地に帰って軍隊みたいに働かされるよりは、ここで、のんびり一生を送った方がいいかもしれない。考えてみれば、人生で楽しかった時……といえば、子供の時と、この土人部落での生活ぐらいのものだ。

現地除隊《げんちじょたい》ということもできるという話だったので、この地で、ゴーギャンのような生活を送るのも悪くないなあ、という気にもなった。

人間は大地に生まれ、そして大地に帰って行くのだ。楽しい場所で、人に知られず、山・川・草・木といっしょに暮らし、大地に帰るのも、まんざら悪いことではない。大都市の群衆の中でもまれながら、神経をすりへらして、なにが人生だ。

さっそく、軍刀をよく忘れる軍医に相談してみた。

「バカな、お前本気でそんなこと考えているのか」

「いや、内地《ないち》に帰ってからまた来る、というのはちょっと手間がかかると思ったものですから」

というと、

「いやあ、なんでもいい。まず、一度内地に帰ることだよ。十万人の兵隊がいるが、現地除隊を希望する者は、お前一人だぞ」

「そうえすか」

ということになって、とにかく、一応内地に帰ることにして、そのことを土人に知らせた（なんでもないようだが、この軍医の一言は、大きくお父さんの運命をかえたわけだ）。

あくる日になって、トペトロやトブエが、ドヤドヤと現われ、

「イカリアンが大変悲しんでいる、すぐ来い」という。

行ってみると、大地の母はしょげかえっていた。

「何年したら帰って来る」

と蚊の鳴くような声。

ここに来るためには費用もかかるし、そのころお父さんは、あまり金もうけに自信

がなかったから、

「十年したら来る」といった。

　土人たちは、一斉に両手をあげて声を出し、

「おい!!　みんな死んでしまう（オオ、ダイピニス）」

という。誰いうとなく、

「三年!!」

といいだした。もう日本は、アメリカに占領されているという話だし、とても三年では、船に乗る金どころではない、と思って、

「八年」と叫んだ。

「ふあーっ」

と、とんきょうな声を出したのは、未亡人のトンブエである。皮膚病の顔を近づけて、大きな鼻の穴から息をふきかけながら、

「とてもまてない」という。

　お父さんは思わず、二、三歩うしろに退いたが、すったもんだの結果、

「七年」

ということになった。

「七年したら必ず来る」といって、別れた。

あくる日は、いよいよ、この地をはなれる日だった。空には、毎日飛んでいた敵機もいないし、不思議なぐらい静かだった。いろいろ引越しの用意をしていると、

「おーい、土人やでーっ」

と誰かがいうので、みると、トペトロやエプぺたちが、しょんぼり立っており、

「みんなが部落でまっている」という。

困ったなあ、と思ったが、とにかく行くことにした（なにしろいろいろ軍務があった）。

高い木の上には、鳥が鳴いており、パンの実は相変わらずなっていた。もうこの木もしばらく見ないことになるかもしれないと思って、部落に入ると、たった一匹のプチ（犬）を丸焼きにして、いろいろな料理を作り、みんなまっている。

椰子油の入った料理が、バナナの葉に盛られると、別れの宴である。芋畑の話や、踊りの話や、来る時は船で来るのか、といった話だった。

やがてトベが手をさし出すと、どよめきがおこり、みんないっせいに手を出した。

黒い手だったが、手のひらだけは白かった。一人ずつ固い握手なので、終った時は、手は汗でヌルヌルだった。イカリアンが、エプペの父親や村長トワルワラのところにも行った方がいい、というので行くことにしたが、みんなゾロゾロついてきた。お父さんは、兵隊がトラックで出発してやしないかと、ヒヤヒヤだった。エプペの父も、トペトロの父も、真実のこもった固い握手だった。

なんという心の楽園だろう、物がなくても楽しい。淀川長治じゃないが、「ホントニホントニ楽しい」彼らの家の中には、鍋が一つと、ラプラプ（腰巻《こしまき》）が二、三枚あるだけだ。

土人とはよくいったもので、本当に土の人、大地の人だ（これを原地人と書くと、東南アジア的な感じがしてダメだ）。すなわち、木や鳥のように、本当に自然の人間だ。

これこそ、本当の人間の生活というものだ。感慨にふけっていると、

「おーい」

という大きな声。

もう最後のトラックが出発しようとしていた。お父さんはあわててトラックに乗っ

た。トラックは、土ぼこりをたてて出発した。

その白いほこりの中から、手をふるトペトロやエプペが見えたが、すぐまがりかどで見えなくなった。みんな、泣いているように見えた。

お父さんは、「必ず七年たったらやって来る」と心の中に誓《ちか》った。近いうちにもう一度、そこに来れると思っていたが、これが三十年近い別れとなった。

ついに、夢にまでみた紫のアカウカウ（芋）は、永久に口の中に入らずじまいだった。多分、芋運が悪かったのだろう。

# 戦後の生活

内地に帰ると、お父さんは、おじいちゃんやおばあちゃんのショックを和《やわ》らげるため手のない絵をかいてはがきで知らせた。すると、おじいちゃんが、米子《よなご》の駅にまっていて、手をみると、

「ええっ、えらい短いなあ」と、さわってみて、

「あっ」とおどろき、

「せめてこのぐらいあったらなあ」といっていた。

おばあちゃんは、片手になったらどれだけ不自由になるかというので、一週間前から片手で生活していた。

おじちゃん、すなわち、お父ちゃんの兄弟たちは、

「あれは昔から横着で、なんでも片手でやっていたから、一本になっても同じことだろう」

といっていた。おばあちゃんは、

「お前は、孤独に強いから、燈台守《とうだいもり》はどうだろう」

といったが、燈台守りは、かんべんしてもらった。とにかく、「七年したら行く」というのは、神聖な約束と考えていたから、もっと自由な職業を選ぶ必要があったのだ。

七徳《ななとく》ナイフみたいなもので切断された手だったので、再手術しないといけない、というので相模原《さがみはら》病院に入れられた。患者が多すぎて、なかなか手術の順番が、廻ってこない。

病院で隣りに寝ていた、馬に似た兵隊が、

「教会に行くと、芋《いも》がたらふく食えるから行かないか」

とさそわれ、お父さんは、それから「馬」といっしょに、毎日のように、教会に行き、牧師さんの話を聞いてきては、芋を食べた。「馬」は、二つぐらいしか芋を食わないが、お父さんは、五つぐらい食べた。土人部落の芋よりもうまかった。

美術学校に行こうと、前から思っていたので、新聞を見ていると、武蔵野《むさしの》美術学校というのが生徒を募集していたので、試験を受けて入った。

さて、入ったものの、お金はないし、どうしようかと思っていると、片手で、三本

フクムスメ
大衆食堂
久栄屋
衆食堂
久栄屋

指の元海軍兵長という男が近づいてきて、

「実は今夜、秘密の会合にさそわれたんだが、俺一人で行くのもこわいから、あんたもいっしょに行かないか」という。その男に「なんとか更生会《こうせいかい》」というところへ連れて行かれてみると、みんな傷痍《しょうい》軍人ばかりだった。どこでどう手に入れたものか、会長と称する小男が、カゴをたくさんもらってきた。金もないし、ごはんもないから、毎日、つんであるカゴを一個ずつもって、めし屋に行く。なんにもない時代だったから、不思議と、そのカゴが通貨の役目を果たし、一週間ばかりそれで食べていた。ちょうどそのころ、病院から手術の順番がきた、というので、病院に帰って手術をして、また「なんとか更生会」に行ってみると、会長以下、魚屋をやることに意見が一致した、という話だったのでびっくりした。しばらく魚屋をやっていると、また会長が、いよいよ全員食えないので、傷痍軍人の街頭募金をするといいだした。有楽町の数寄屋橋《すきやばし》の上で、二、三十人並んで演説である。数寄屋橋で終るかと思ったら、こんどは、渋谷だとか、池袋とかいって、引っぱり廻されるしまつ。

そのうち「ポロゴン島という島に鳥の糞《ふん》があり、その糞は、非常に高い肥料になり、島全部糞でできているから、その糞を日本にもって帰ったら、五億円は下らんでしょう」という奇妙な海軍の下士官が現われ、誇大妄想気味《こだいもうそうぎみ》の会員は、全員その方に目をむけたので、お父さんはポロゴン島なんて島に行ったら絵がかけないと思い、美術学校のある吉祥寺《きちじょうじ》にうつってしまった。

そのころの吉祥寺は、のんびりしていて、あまり人もいなかった。井《い》の頭《かしら》公園の近くにいたが、いつも昼ごろ起きて、学校の途中にパチンコ屋があったので、学校に行く前にいつもパチンコをしていた。午前中デッサンで、午後授業だったから、別に授業におくれたという感じもなかった。

家へ帰ると、毎日、ラバウルの想い出を書き残そうと、机にむかって土人の絵物語を書いた。

「キャツらは今ごろどうしているのかなあ」

といつも寝ながら考えたが、なにしろ、その日暮らしだから、旅費のことを思うと、あまり巨大で、行くことはとても考えられないことになってしまっていた。

半年ぐらいすると、美術学校で、つぎの当った服を着た先生から、

「こんな時代だから、一千万円ないと、とても絵かきになれんよ」といわれた。

「一千万円」

お父さんは口の中で叫んでみた。

当時だって今だって、びっくりするような金額だった。しかし、考えてみると、働いていては絵はかけないし、かといって働かなければお金はできない。寝ころんで考えていると、例の「なんとか更生会」の自称副会長がころがりこんできた。

「いやあ、あの会も解散になったよ、それでなにか食い物はないか」

というので、焼芋の腐りかけたのがあったので、投げてやると、副会長はむさぼり食った。

「俺はいま、一千万円ないと絵かきになれないらしい、という話をきいて弱ってるんだ」

というと、元副会長は、ポンと肩をたたいて、

「そりゃあキミ、わけないよ、東海道を街頭募金しながら南下すれば旅行はできるし、一千万円ぐらいわけないよ」

鼻をふくらませながら、「まかしとけ」という。顔をみると、彼の顔はねずみ男に似ていた。

彼の言葉に従って吉祥寺の家を引き払い、東海道は平塚《ひらつか》から始めての募金旅行であ

る。平塚、熱海《あたみ》と下り、大垣《おおがき》、岐阜にたどり着いた時は、一千万円わけないどころかお金が一文もなくなってしまった。旅館に払いがたまって二人とも動けない。そこへもってきて、雨つづきときている。たからなくてもいいシラミの繁殖《はんしょく》である。びっくりして、宿の女中に二百円渡して釜で煮てもらって、物干《ものほし》に干してもらったのが悪く、シラミは死滅するどころか、いよいよ繁殖し、宿の女中から「シラちゃん」といわれ、シラミの有名人になってしまった。

「シラちゃん、なんていわれてはたまらない、もうやめようや」というと、

「とにかく東京に帰る旅費ができるまで、いっしょにやろうや」

ということになって、たどり着いたところが、神戸は兵庫《ひょうご》区の水木通りのあやしげな旅館。妖怪のような女主人が出てきて、

「どうないです、ここ二十万円で売ろうと思てますんや」

「ええっ、二十万円とは安い」というと、

「百万円の借金がおまんね、それを引きついでもろて、二十万円の現金をもらえばそれで……」

元副会長を東京に帰し、お父さんは、境《きかい》のおじいちゃんに来てもらって、宿の女主

人と話してもらい、お父さんは、その家に住むことになった。

お金がないから部屋を貸さなければいけないし、借金も払わなければならんから大変だ。最初に貸したのが、久保田という糞《くそ》の出ない紙芝居かきだった。常に糞《ふん》づまりだから、顔の色も糞色だった。彼は、お父さんに紙芝居の手ほどきをし、大丸のソメコ（染料）のあるところを教え、それで色をぬるのだというわけ。

さて仕事の方だが、なかなかない。久保田の紹介で、ハヤシという紙芝居の貸元のところへ行った。ハヤシ氏は、トンビの下にサルマタだけという奇妙な風体《ふうてい》で、

「まあ、なんでもええからやってくれや」というわけ。

そこへ鈴木勝丸《かつまる》先生という紙芝居説明の大家が来ていて、お父さんの住所を見ると、

「お近くですね、一度お遊びにいらっしゃい」と徳川夢声《とくがわむせい》ばりの声。

さて、一巻（十枚）二百円で引き受けたものの、久保田が朝から入りびたって、仕事もなにもできない。糞が出るまでいるわけだ。しょっちゅう糞が出ない、糞が出ないといいながら、関西紙芝居界の巨匠・相山《あいやま》先生の生活について語るのを常としていた。

「先生あたりになると、朝、コーヒー」

「それは、喫茶店でですか」

「もちろんですよ」

「それ、毎日ですか」

「そうです、毎日です」

当時、喫茶店でコーヒーを毎日飲む人間なんていなかった（今ではなんでもないことだが）。お父さんは、それだけで相山先生をすっかり尊敬してしまった。

「しかも、画料が一巻千円ぐらいです」

「ほー、千円!!」（そのころの千円はいまの一万円位）

まったく巨匠には、おどろくことばかりだ、と思っていると、ある日、久保田氏が、巨匠を連れてきた。

「いやあ」

巨匠は軽く挨拶《あいさつ》して入ってきた。ひどく小さく、チョビ髭を生やしていた。氏は、関西紙芝居界の現状について語り、芦田伸介《あしだしんすけ》みたいな煙草の吸い方をして帰った。

さて、近所に住む鈴木勝丸氏のとこを訪問してみることにした。

「あっ、いらっしゃい」

と勝丸氏が出てきた、と書きたいが、戸を開けると、いきなり奥の間だった。

「あっ、お紅茶ついで」

とかなんとかいって言葉はバカにきれいだが、家はボロボロだった。

しかし、勝丸氏は、非常に人情にあつい、今どきまれにみる親切な人だった。

「あなたちょうどいい時に来ましたよ、いま、日本一の紙芝居画家・加太こうじ大先生がこの神戸にこられるのです」

氏は予言者ヨハネがキリストの来臨《らいりん》を告げるかのごとく興奮しながら、加太こうじ大先生の来臨の日取りを告げ、よろしければ「そちらに泊めてあげて下さい」ということだった。

やんがてのころ、加太大先生が現われて、まず、キセルの話である。「武士のキセルの持ち方と、町人のキセルの持ち方の違いについて」ながながと解説された。お父さんの絵を見ると、「これじゃあ」と、顔をしかめられたが、どうにかこうにか合格ということになって、一巻十枚で二百円也、ということで、勝丸さんところの専属で、紙芝居をかくことになった。

ところが、紙芝居という仕事は、やけに忙しい。毎日が〆切《しめきり》で、毎日十枚の物語と絵を作って渡さなければいけない。しかも、みんなが見て、あめが売れないといけないから、面白くないといけない。あまりうけないと、勝丸さんは青ざめて、

「どうもうけないです」と一言。

お父さんは、その一言を聞くと、ドキリとして、今までの筋《すじ》を使って（やってしまったものは変更できないから）、これからいかに面白くするか、ということを便所に入っても、寝ても考える。妙案が浮かぶとかく。そして、その反響が、二、三日すると分かる。勝丸さんは、家族が多かったから、うけないとすぐに食えなくなる。いや、餓《が》死《し》してしまうのだ。

また青ざめてやってきて、

「やはりうけないです」

といわれると、また必死になって考える。夜も寝床の中で考え、あくる日、かいて渡す。

そんなことが三回ぐらいあると、たいてい本当に倒産してしまうので、一つの話で三回も「うけないです」といわれると、もう必死である。そうなるとカミサマに祈る気持で目をつぶり考える。そのころから、お父さんは、必死でやれば必ずカミサマが

救ってくれる、という考えをもつようになった。

そんなことをしているうちに五、六年たち、せっかくの紙芝居も、テレビのために見る人がなくなり、紙芝居の仕事もなくなってしまった。

借金のために神戸の家もみな売ってしまって、絵具箱だけさげて東京に行った。加太こうじ先生の紹介で亀戸《かめいど》の下宿屋におちついた。二食ついて七千円、しかも、めしは食い放題（ただし外米）。

かねて神戸時代に知っていた、関西紙芝居界の巨匠・相山先生が、東京で貸本マンガをかいて成功している、というのでさっそく訪ねると、先生は、リンゴ箱を解体して廊下を作っていた。

「まんざら知らない仲でもないじゃないの、わしのマンガでも手伝ったら……」ときわめて好意的。

「どうぞ応接間へ」

というので行くと、リンゴ箱を解体し、その上に新聞をはりつけた手製ベッドあり、机あり、応接セットありで、まるで小人の国にきたよう。

巨匠は小さかったから、入ると応接セットにも調和し、おとぎの国に入ったような

気持になる。お父さんが入ると、まず天井《てんじょう》に頭がつかえ、坐《すわ》ると、ギーと椅子《いす》が鳴った。いずれもリンゴ箱を解体しての作品であったから、お父さんは、ガリバーのように、作品をこわさないよう、なるべく動かないようにしていた。

「実は、マンガをかこうと思います」というと、

「あっ、手伝うんじゃなかったの」

「独立してやろうと思うんですが」

「あんた、マンガマンガって、マンガむずかしいのよ」という。

机の横に下手《へた》くそなマンガの本があったので、

「これぐらいはいけますよ」というと、巨匠は急に不機嫌《ふきげん》になり、

「じゃあ、明日また話そう、俺、いそがしいんだ」とつぜんいう。

これはおかしい、と思って、加太大先生のところへ行って話すと、

「そりゃあ大変だ、あの下手くそなマンガは、相山先生のマンガなんですよ、そりゃ、ウイスキーでも持って行って、機嫌をなおしてもらわなきゃあ」というわけ。

あわてて酒屋に行って、ウイスキーを持参して、しぶしぶ紹介してもらったところが、兎月《とげつ》書房という真面目だが不運な出版屋だった。

まず一冊たのまれたが、なかなかできない。そのうちに金がなくなり、背広・靴・本と質屋にもっていって、やっと一カ月目に一冊出来上った。一冊出来ると金を受け取って、次の分にかからないと餓死するので、さっそく仕事にかかる。二冊目をもって行くと、

「あんたのは売れないからもういらない」という。

「そんなバカな、かかしておいてとらないなんて」というと、

「ウチはギャングマンガを出すことにしたんだ、あんたがかくなら一冊やらせる。しかしそれが売れなかったらクビだ」というわけ。

お父さんはこの一戦とばかり、例の紙芝居の時のピンチと同じく、カミサマに念じ、仕事にかかろうとした時に、田舎からおじいちゃん、おばあちゃんが現われて、「せっかくいい嫁《よめ》を世話してやろうと思って写真送っているのに返事もない。一体どうしたことかと、様子を見に来た」という。

それどころではないといっても聞かず、この嫁を決めないまでは帰らない、という意気ごみ。送られた写真を机の底から捜し出して見ると、長い顔をしたお前たちのお母ちゃんの顔だった。

とにかく、いつか帰って決めるからしばらくまってもらうということで、帰ってもらったが、それでも一カ月近く滞在していたから、仕事がおくれてしまった上に、金が二百円しかない。その上に歯が痛くなったからたまらない。仕方がないから新宿の近くの歯医者で二百円でピタッと痛みを止めてくれる歯医者を捜さねばならなかった。いくら当時でも、二百円という金は、たいした金ではない。ところが、安そうな歯医者を捜して入ったら、ピタリと痛みを止めて、代金は二百円だった。奇蹟《きせき》的な一致である。それ以来、神の決めた歯医者として、いまだにその歯医者に通っている。

その後、境のおじいちゃんから嫁をもらえと矢の催促《さいそく》。お父さんはその時一文もなかったから一万円前借りすると田舎へ帰っておまえたちのお母さんを連れて帰ったが、新婚旅行もなにもなかった。

単行本の世界は、金がもうからないのに、やたらに忙しく、一日は、起きている間じゅう仕事で、仕事していない時は、寝ている時だけだった。

百科辞典で「もぐら」のところを引いていたら、もぐらは、大食のため一日中穴を掘って、自分の体と同じぐらいの量の虫を毎日食わなければならないから、寝ている時以外は食糧捜しをしている、と書いてあって、なるほど、地上にもお父さんと同じ動物がいるんだなあ、と思った。

　ところが、人間の仕事はもぐらよりも複雑で困難だった。働いても本が売れないと注文がこないから、すぐピンチになる。ピンチの連続で、生きているのが不思議なぐらいだった。

　お父さんもピンチだったが、出版屋の親父《おやじ》もピンチだったらしく、六、七年もすると倒産である。真面目で善良な出版屋の親父は、いっしょうけんめい働いて、ばくだいな借金を作ってしまったわけだ。

　お父さんも途方《とほう》にくれてしまった。お金は一文もないし、あるのは、ピンチに強いという奇妙な自信だけだった。年も四十歳を越していて、とても子供のマンガをやる年齢でもなかった。質札《しちふだ》は、厚さ三センチぐらいたまっていた。

　これからどうしようか、と考えていると、夏の暑い日だった。講談社という大きな出版社の人が来た。暑かったけれども、なにもないので、なにも出さなかったら、その人は、

「すみません、水を一杯飲ませて下さい」

と叫んだ。叫んだ、というより絶叫《ぜっきょう》に近かった。

よほどのどがかわいていたのだろう。歯みがきに使うコップでたてつづけに三杯。それから講談社の仕事をするようになった。しかし、それから金には困らなくなったが、別な意味のピンチの連続だった。

考えてみれば、紙芝居の人、貸本マンガの人、雑誌の人、テレビの人と、お父さんの前に登場した人々は、すべてといっていいほど、あわてふためいた人たちばかりだった。中には、あわてふためいたままで一生を終った人も何人かいた。いったい、何が人生だ。

お父さんだって、一日の休みもなく働いて、ふと気づいたら五十歳になっていた。昔から人生五十年というが、まったくこの近代文明社会（何が文明か知らないが）では、ホッとするひまもない（まったくすばらしい社会だ？）。

終戦後、戦犯で巣鴨《すがも》に入れられた将軍が初めて、落ち着いて花を見て、「キミ、花ってのは美しいもんだねえ、俺は七十年生きて、落ち着いて花を見たのは初めてだが」といった話が残っているが、将軍でもサラリーマンでも同じで、日本にいる限り、監獄《かんごく》にでも入れられないと、落ち着いて花も見られないほど、あわてふためいて生きなければいけない。いや、日本だけではなく、文明社会はすべてそうかも

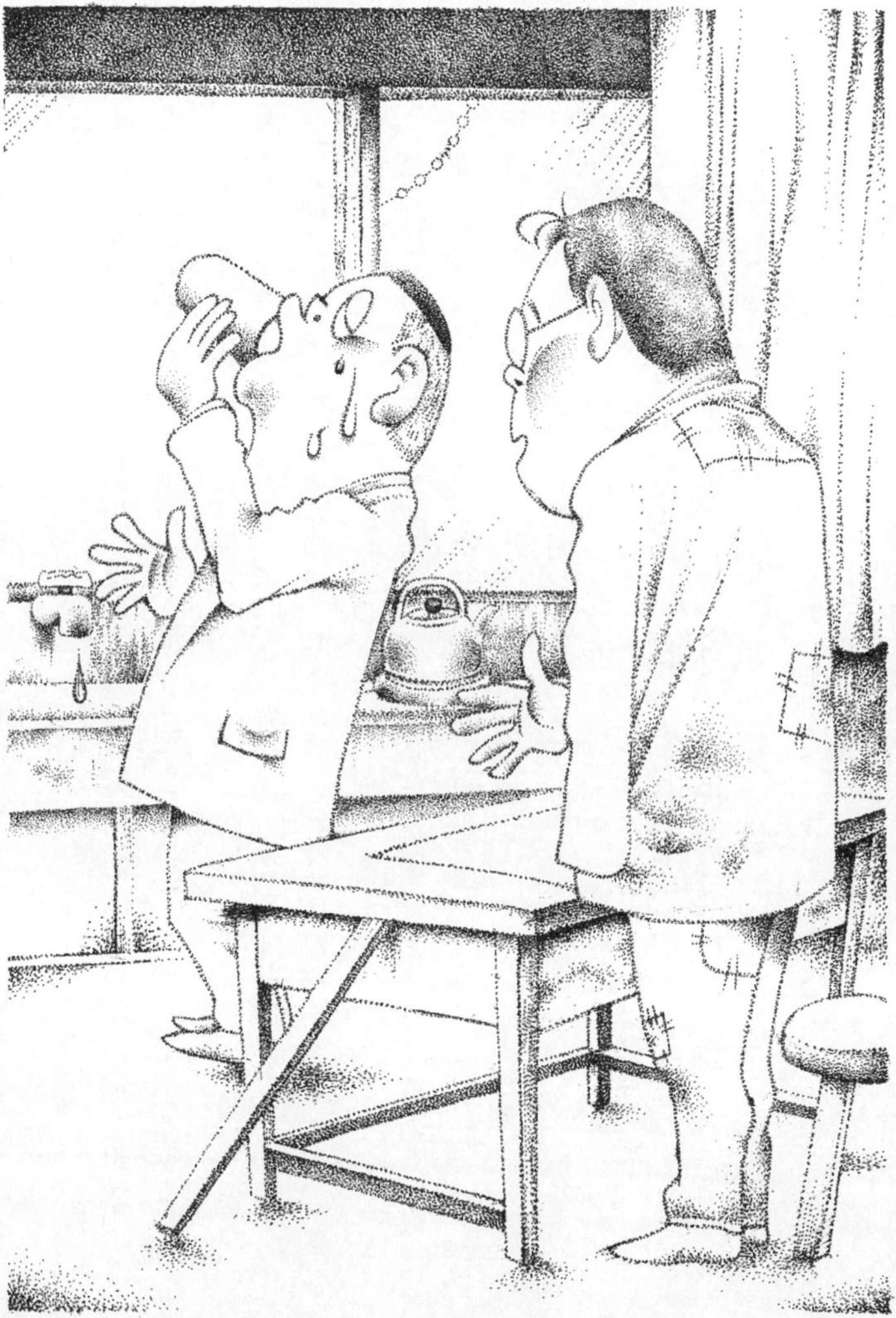

しれない。

それにひきかえ、土人たちの生活はどうだ。物はなにひとつないが、大地の母を中心としたあの心豊かな生活、あれこそ人間の生活ではないか、いや、神々の生活というべきかもしれない。

「七年したら来る」と約束したが、考えてみれば、あれから三十年近くたってしまっていた。神々に対し、軽く約束を破ってしまったことがくやまれた。

そうした時、お化けの仕事で関西にいたとき、やはり南方を熱病のようにあこがれている二人の戦友に、大阪でバッタリ会った。三人は期せずして、

「南方はよかったなあ」

といいあった。三人とも南方を天国と考えていたから、、

「万難《ばんなん》を排《はい》して行こうやないか」

ということになった。そして、南方にとりつかれた三人は、出発した。

先《ま》ず戦争でみんなが死んだ場所に行った。ここで中隊の三分の二が戦死した。そして、小さな木で慰霊碑《いれいひ》を作って、日本からもってきた酒をかけた。そして、日本の煙

草を供《そな》えた。聞こえるものは、風の音と波の音だけだった。どこからともなく、黄色い蝶が飛んできてとまった。

「これはきっと戦死した兵隊の魂だろう」と三人でささやきあった。

「クワーッ」という奇妙な鳥がいて、あたりの静けさを時おり破るだけで、無、とでもいうしかない静けさだった。

「きっと、みんな生きて帰りたかったろうなあ」と話し合った。

二人の戦友は別な部落へ行き、お父さんは、トペトロの部落「小さな天国」を訪ねてみることにして、小型機で飛んで、ラバウルに行った。しかし、三十年という歳月はあたりの景色を一変させていた。考えてみれば、お父さんが天国だと思ったのは、食物のない時だったし、お父さんも若かった。だから天国に見えたのかも知れない。あれから三十年もたっており、彼らも変わっているだろう。おそらく、天国はお父さんの心の中でのみ、天国だったのかもしれない、などと考えてみたりした。

ラバウルから自動車に乗って捜《さが》し廻《まわ》ったが、すべては変わっていて、歩いている土人に聞くと、

「多分、捜す人は死んでしまったのだろう」というようなことだった。

「小さな天国」はやはり夢だったのか、と思っていると、自動車は、同じ景色のところをやたらに通る。

「どうしたんだ」と土人の運転手に聞くと、わるびれることもなく、

「もう帰るんだ」という。

「もう一度捜すんだ」というと、

「ふあっ」と、たよりない声を出しながらグルグル廻り出した。

どこで聞いても分からないので、もうあきらめて帰ろうとした時だった。小道から土人が出てきたので、

「このあたりに、トペトロという土人はいないか」

と聞くと、その土人は急に興奮して、

「トペトロはそこの部落のキャプテンだ」

という。お父さんは、

「三十年前パウロといって、このあたりにいた兵隊だ」

というと、

「おお、パウロ」

とまたもやコウフン気味になり、

「行こう、トペトロはいる」

という。

　小道を歩きながら、

「俺の名はトマリル、トペトロの妹を嫁にしている」

といいながら、木の葉を編んで作ってあるハンドバッグのようなものから、カナカウイスキーを出して忙しそうに食べ始めた。

　考えてみれば、このトマリルとの出会いも、偶然以上のものがあるかもしれない。

# 小さな天国

トマリルはさかんに、

「俺の顔おぼえているか」という。

おそらく、壕《ごう》の中に木の葉に包んで、タロ芋《いも》かなにかをもってきた少年の一人かもしれないが、お父さんには記憶がなかった。前歯のかけた運転手がついてくるので、

「もういいんだ、一週間ばかりここに滞在するから、その時迎えにきてくれればいい」というと、

「あう」と、鳥とも獣ともつかぬ声を出して、引き上げた。

坂を上ると、いよいよ部落である。トマリルがなにか叫ぶと、

「わーっ」

と土人の子供が走ってきた。空を見ると、あの三十年前のパンの木らしきものがそびえ立っていた。目をつぶって思い出そうとするのだが、猿《さる》の子のような土人の子が、

やたらに体にさわるので、想い出にひたれない。

やんがてのころ、中年のオッサンがニヤニヤしながら、多少ガニマタ風に歩いてくる。トマリルが、

「トペトロだ」という。

あまりオッサンになっているので、しばし目をみはったが、顔の片隅に昔の面影《おもかげ》が残っているようだった。

「おい、トペトロ」

と叫ぶと、だまって体をゆすって、きまりわるそうに、ニヤニヤと声を出さずに笑うだけ。こいつ分かってんのかなあ、と思って肩をたたくと、初めて気づいたように、握手である。握手だけは力強かったが、まだうつむきかげんになってニヤニヤするばかりで、一語も発しない。

「わかるか」というと、

「ワカル、ワカル」と食用蛙《がえる》をふみつけたような声を出した。

あの美少年トペトロが、中年のオッサンに変わり、蛙のような声を出すとは……考えてみると、お父さんもぼちぼち白髪《しらが》が現われ、頭のてっぺんがはげているのだ……。

三十年という年月は、こんなに二人を変えてしまったのだ。

やがて、パウロがやってきたというので、黒い顔の名士たちが集まってきた。元村長トワルワラ氏、氏は、森から出てくるとオランウータンとまちがう。白髪の富豪(富豪といっても貝貨が他の土人よりひとまわり多いだけ)のチアラ老、この付近の精神的支柱、キリストマスターと称する、木喰《もくじき》のような髭《ひげ》を生やした、八十近い白人の老牧師。いずれも日本では、ちょっとお目にかかれない貴重な人々、みんな、「パウロよく来た」といった。

短い言葉の中にも、文明社会ではみられない真実がこもっていた。やはり楽園だったのだ。

「イカリアンはどうしている」

というと、両手を広げて「プッ」というような声を出し、

「二十年前に亡くなってしまった。お前の来るのをまっていたんだ」といった。

老牧師と話していると、トペトロのめしだという声に、暗い家の中に入ると、赤ん坊の頭ぐらいあるサツマ芋が三個、机の上のバナナの葉の上においてあり、横にどこで手に入れたのか、インスタントコーヒーのうすいのが入っていた。あまり芋が大き

いので、

「とても食えない」というと、

「遠慮するな」

と大きな手で肩をたたかれた。これを全部平らげないなんて、夢にも考えてないようだった。

芋は、ブタの脂や野菜みたいなものをバナナの葉にくるんで、石焼にしたものであり、脂気ばかりで塩気は少ない。その上に、日本で一番大きくてまずい、農林《のうりん》一号、とかいう戦時増産型の芋だから、あまりうまくない。

お父さんは、食べないと悪いような気がして、無理して半分ぐらい食べてフラフラになった。もっぱらインスタントコーヒーをすすったが、後で残した芋をトペトロの妻と子供が、とりあいをしていたが、その動作は鳥のように素早く、どうやら、子供の口には入らなかったようだ。

だいたい土人たちは、大地に椰子《やし》の葉の編んだものを敷いて寝るので、お父さんもたき火をかこんで、小屋の中で椰子の編んだものの上に寝るとばかり思っていたら、寝室は、ベッドだった。しかも、床はコンクリートだった。ベッドは急造のものらし

く、うっかり片方に重心をおくとシーソーのように動く。それも、敷いてある板が、それぞれさまざまな形で、それがシーソー状になるので、うっかり動けない。重心は常に中央において動作しなくてはいけない。

なにしろ、村ではめずらしい動物が来たと思ったのだろう。寝室には、村人が三十人ぐらいおしかけてきて、寝るさまをながめているのだが、人の体温と異臭とで、部屋の中は奇妙な感じ、そこへもってきて、さまざまな質問が開始される。

お父さんは、ピチン語（英語や土人語のまざったもの）を少ししか知らないから、手真似《まね》足真似《まね》で語るからたいへんだ。土人たちは、いずれも意表をつく質問をするので、なかなか回答に時間がかかる。

「お父さんはマンガをかいて暮らしている」と、何回説明しても分からなかった。神の世界には、そんなもので生活している者はいないからだ。

本を見せると、不器用な手つきで気がなさそうにめくり、本とか文明なんてどうでもいい、といったふうだった。大自然の中で本を見ると、なにか不健康な悪魔の持物に見えるから、おかしなものだ。

どうやら帰るまで、お父さんの職業は、分からなかったようだ。というより、職業なんて、生きてればなにをしようが、どーっていうことないんだ、といったあんばいで、気にもしない。大地で空気を呑吐《どんと》しているものは、すべて平等なのだろう。とにかく職業は、「なにかやってる」ということで、落ちついたようだった。

夜はランプが消されると、真っ暗だから寝るしかない。なるほど、夜になれば寝るというのは、鳥のようで楽しい。人類が不幸になったのは、電気を発明したからかもしれない、と思った。夜は妖怪や悪魔が活躍する時間として残しておかなければいけなかったのだ。電気をつけて夜の闇を征服してから、地上は虚《むな》しいものになった。そんなことを考えながら、安心して寝ようとすると、

「クー」とか、

「カー」とかいう、奇妙なうめきのようなものが聞こえる。

「おかしい」

と思って、トペトロを呼ぼうと、ベッドの上に立ち上ったのがいけなかった。ベッドは右に左にゆれ動くので、動かないように足でふみつけた。シーソーベッドは、重みにたえかねたのだろう。中央に足状の穴があいてしまった。足は、やんわりとした肉体にふれて、二度びっくりした。なんと、ベッドの下に神が寝ていたのである。しか

も、大きな口をあけて、いびきをかいているのだ。熟睡というやつだろう。口の中に、ねずみの糞のようなものが二、三個落ちたが、いびきは少しもみだれなかった。ベッドの下で寝る人がいるなんて、考えられないことだ。一人だとばかり思って、小便に行こうとランプを持ち上げると、なんと、部屋の隅にゴロゴロと黒い神々が寝ていた。色の黒いものが、暗いところに寝ているから分からなかった。なるほど、土人とはよくいったものだ。これでなくっちゃあ木や虫と共存できない。

自然はよくしたもので、虫や鳥たちがさまざまな音楽をかなで、夜空には星が大きく出て、まるで夢の国に来たようだった。お父さんは、星をながめながら小便をした。小便の音も、大自然の虫の声と調和して、まるでショ、ー、ベルトの音楽を聞いているようだった。いや、むしろシューベルトよりもこころよかった。

朝になったので、

「糞《くそ》（ペケペケ）はどこだ」と聞くと、

「そこらにしとけ」

と、重大なことをトペトロは、なんでもないようにいう。

指さした方向に行くと、坂になっている。なるほど、木の根につかまりながらするというわけか、と考えて大自然の野の露とともにペケペケをするのも悪くないなあ、と思いながら、木につかまり、見ると、目の前にゴリラの糞のようなものが、うず巻のようになっている。はっとおどろいて、位置をかえようとしたが、静かに見渡すと、いたるところに新糞が横たわっているではないか。これはどうなることかと心配していると、トマリルがやってきて、

「チンポ大きいか」という。

「チンポどころではない、ここの糞は一体どうなるんだ」というと、豚の方を指さし、

「みんな食べる」という。みると、豚が柵《さく》に入れてあった。

お父さんはあわてたために、ペケペケの小片が手についた。洗おうと思って、ドラム罐《かん》の中から水を汲みあげると、なんとボーフラで真っ黒。

「するとあのコーヒーは、ブラックコーヒーでなく、ボーフラコーヒーだったのか」

と思わずハッとした。

トペトロが「朝食だ」というのであわてて家の中へ入った。お父さんの食事は一切、酋長《しゅうちょう》トペトロが不器用な手つきで並べ、人に手をふれさせない。そしてまたもや、巨大な枕のような芋が、机の上にはこぼれた。お父さんは、その好意に応えるべくいど

みかかったが、とても三口とは食えなかった。

その日はちょうど祭日だったので、トペトロの食卓を見ると、食パンである。おそらく祭日にはパンを食うのだろう。どうしてお父さんにパンを食わさないのかと聞くと、

「パウロは芋が大好きだろう」という。

やがてガタガタのトラックが横づけにされた。何事だろうと思っていると、トペトロが、運転席に案内する。そこは、彼らの貴族の席なのだが、シートは破れてバネが出ていたので、おそるおそる尻でおさえる。するとトペトロの一族が、後ろの荷台に十五、六人乗った。どうやらドライブのつもりらしい。昔いたココボのあたりを通るので、

「どこに行くんだ」というと、

「エプペがココボの病院にいる」というのだ。

「なるほど」

と思っていると、ココボに着くなり、トペトロの息子で、トペトロという同じ名前のトペトロの三男が、伝令として病院に走った。

やがてエプペが、五、六人の土人といっしょにやってきた。頭の上には、モンキーバナナをのせていた。

「パウロ」

と、エプペは一言いって、モンキーバナナをくれて下をむくので、お父さんは、モンキーバナナを食べないと、その場がうまくおさまらないような気がして、五、六本皮をむいて、エプペの前で食べてみせた。エプペはそれが気に入ったのか、昔、お父さんの好きだったカナカアイピカをバナナの葉に入れてもってきた。彼女はおぼえていたのだ。

「トユト（エプペの夫）はどうしているか」というと、

「終戦後ビールが入ってきて、それを飲みすぎて、トユトはアルコール中毒になって死んだ、ビールは悪い」と顔をしかめた。

どうやら楽園には、古来あまりアルコールの類は、持ち込まれなかったのだろう。わずかなビールのアルコールでも、清浄な肉体にはこたえるらしい。

「今は、昔、憲兵ボーイしていたトンボックといっしょになって、子供が新しく三人出来た」といった。

そして、手に赤ん坊を抱いている。楽園では年齢なんか問題ではないのだろう。五十歳近くのエプペの赤ん坊を見て驚いた。

お父さんは、あの三十年前の踊り（シンシン）の話をした。あわてて転《ころ》んだことや、トウラギリギが目をやられたことなど話すと、横で聞いていたトペトロが、急に鼻の穴をふくらまし、目に涙さえ浮かべて、御詠歌《ごえいか》（日本でよくおばあさんたちが歌うホトケサンの歌）調の口調になり、若い者を集めて、

「パウロは、トウラギリギがシンシンで目をやられたことだって知っているし、今はない、俺のお父さんのことだって知っている。パウロはお前たちの知らないことをたくさん知っているんだ」といったようなことを話しているのだろう。しんみりと、想い出の絵本をめくるようにながながと、御詠歌調の話しぶりはつづいていた。やがて友情のボロトラックは旧友トブエ宅にむかうことになった。エプペは、

「二、三日したら部落に帰るから、その時、トペトロの家に土産《みやげ》をもって行くから」

といって、

「サヨナラ」

と手を振って笑った。エプペは色は黒いが、老いても美人だった。

トラックはガタガタ道を通ってトブエ宅に着いたが、トブエは留守だった。彼は上等の家（下がコンクリートになっている家）を作るためだろう、石やコンクリートを用意して積んでいたが、まだ独身ということだった（もう五十近いはずだ）。

「たぶん飲み屋にいるだろう」

ということで、飲み屋に行くと、飲み屋といっても、ジャングルの小屋にビールが二、三ダースおいてあるだけのもので、トブエはその家で、二日酔いであろう、寝ていたが、

「パウロが来た」

というので、とび起きてきて、いきなりお父さんの顔に額《ひたい》をこすりつけてきた。なつかしいというわけだろうが、額は皮膚病《ひふびょう》で、まるでペーパーみたいだった。

トブエは、ビール一ダースをトラックに積むと、

「俺が案内してやる」

といってトラックに乗ってきた。顔つきも動作も青年である。同時に、「日本語ワカル」という一語しか知らない土人も、従者としてついてきた。

ボロトラック「思い出号」は、ガタガタ道を通ると、草や木で道でないところをや

たらに走り、たいした距離ではないが、ガタガタビシビシ、トラックの音がにぎやかなので、十倍ぐらいの距離を走った感じ。

やがて、昔の防空壕の前に行くと、トブエはビールをおろして、みんなに配り、

ポッポッポ　ハトポッポ

から、

アメアメフレフレ　カアサンヨ

ジャノメオムカエ　ウレチイナ

などという、こちらが忘れているような歌をうたい出した。楽園にはさして変化もないから、昔のことをよく覚えているのだろう。トペトロは、

「この日本軍の壕は誰も来ないところだから、穴の中にお化けが繁殖して困る」

と顔をしかめた。

しかし、そこに昔、お父さんがいたのだろうか、と思われるほど、あたりの景色は一変し、お父さんは、ただ口をあけてぼんやりながめるだけだった。三十年の歳月は、すべてを変えてしまっているのだ。いわば蒸発《じょうはつ》してしまっているのだ。ただ、この土人たちの頭の中と、お父さんの頭の中にある思い出だけが、三十年前を記録している

だけなのだろう。

「日本語ワカル」という一語しか知らない土人は、やたらに木の実をひろってきて、バン刀という大きな刀のようなもので割り、お父さんの口の中に入れるのだが、ときどき砂とか小石も、木の実といっしょに口の中に入る。あまり真面目な顔つきで親切なので、はき出すわけにもゆかず、しかたなく砂も小石も飲んでしまった。

いよいよ明日は帰るという朝のことだった。空は雲一つない天気だった。元村長トワルワラ氏、富豪で秘密結社の親方でもあるチアラ老、それにトペトロといった村の長老が現われて、

「お前もいよいよ俺たちの仲間になるのだ」

というようなことをいうと、チアラ老がお父さんに貝貨を一メートルぐらいくれた。

お父さんは、めずらしいものをもらったと思って、カバンにしまいかけると、

「それはトンブアナに捧《ささ》げるものだ」という。

どうやら祖霊に捧げるもので、お父さんもその一員に加えてやろうという意味だろうか。

まもなく、チアラ老の家の裏にあるジャングルに連れて行かれた。

いきなりドクドクと称する三角の顔した大きな目玉のものが現われたのでおどろいた。逃げかけると、チアラ老に頭をおさえられた。貝貨をドクドクに捧げて頭を下げろ、という意味らしい。

「トンブアナは母親でドクドクはその子供だ。このことはメリー（女）の前でしゃべってはいけない。日本に帰っても同じだ」

とトマリルにいわれた。トンブアナは一人だがドクドクは七、八人もいる。

お父さんはうやうやしく一番前のドクドクの足下に貝貨を捧げると、部落の男二、三十人が集まって、太鼓をたたいて合唱しだした。同時にドクドクの踊りが始まり、部落あげての熱唱は、いつしかお父さんを奇妙な気持にさせるのだった。

人々はそれぞれ自分自身の力で自由に生きているようにみえるが、背後には大地の母トンブアナが目にみえない温かい手で守ってくれているのかもしれない。

「そうだ」考えてみれば、お父さんも気づかなかったが、長い間あるものに守られてきていたのかもしれない。そうすると、お父さんが今まで生きてこられたのが分かるような気もした。あまり大きな母さんだったので今まで気づかなかったのだ。この土人たちの心の中にもトンブアナがいて、お父さんを暖かくもてなすのかもしれない。

いつしかお父さんも土人の合唱に和し、体がひとりでに動いてきた。そしてひとりでに習いもしないドクドクの踊りが土人と同じように踊れた。すると土人たちはひときわ高く熱唱し、トペトロなどは汗だらけだった。

踊りが終るとみんなで椰子の水を飲んだが、元村長トワルワラ氏だけは踊りのリズムが終ってもやまず、坐《すわ》ったまま踊っていた。コウコツ状態というやつだろう。

そしてみな口ぐちにいう。

「パウロ、お前はカナカだ（土人は自分の種族のことをカナカという）。この村の者になれ」

お父さんは何気なく笑いすごしたが、それからというもの、一介《いっかい》の土人として暮らそうかとときどき考えるようになってしまった。きっとトンブアナの霊がその時お父さんに入ってきたのかもしれない。

いよいよ別れる日の朝、エプペが「土産だ」といって自分で作った敷物を持ってきた。

エプペのうしろから白髪《しらが》の老人が握手を求めるので、「誰だろう」と思って聞くと、エプペの父だった。あの三十年前別れたエプペの父は、あの時も老人だったが、今も

同じように老人だ。楽園では年をとらないのかなあ、と思っていると、老人は、

「三十年ぶりにやってきたパウロのために、踊りを踊らせてくれ」

といい出し、老人はゆるやかに踊り出した。

それは古い椰子《やし》をたたえる歌だった。

椰子は我々のために
水を用意してくれる（椰子の中の実には水がある）
椰子は我々のために
コプラを用意してくれる（コプラは油で燈火になるし毎日のおかずになる）
椰子は我々のために
葉を用意してくれる（葉は家の屋根や壁になる）
椰子は我々のために
生きる用意をしてくれる

一同は老人に和し、太鼓をたたいた。

自然に対する感謝こそ、楽園の精神であろう。

自然の中に暮らし、木や虫や鳥と同じように、自然に感謝して暮らす生活が、人間本来の生活なのかもしれない。

風の音や波の音に名曲を感じ、芋に舌鼓《したづつみ》を打ち、夜は鳥とともに寝て、自然のリズムとともに起居することこそ、神の与えた幸福というものかもしれない(南にいると不思議とそういう気持になる)。

「くわッ」

という怪鳥のような声がするのでふりむくと、前歯のかけた運転手が来ていた。いよいよ楽園と別れる時が来たのだ。トペトロは、

「昨夜徹夜《てつや》で作ったんだ」

といって、ドクドクの小型を、

「お前の娘たちにやってくれ」

といって渡し、お父さんと額をくっつけて、最後の別れをした。

元村長トワルワラ氏やトマリルは、ポコポコという踊りに使うものをくれたが、あまりたくさんで、リュックに入らず、捨てようとすると、チアラ老が、

「このモンキーが一番面白い」

とかなんとかいうので、つい捨てることも出来ず、モンキーのポコポコも加えて十二本持って帰った。

奇妙な荷物がふえてしまって「大変だなあ」と思わず声が出たが自動車に荷物が積み込まれ、乗ろうとすると、

「うわーっ」

というような声とともに、何十という黒い手が、お父さんをとり囲んだ。

「最後の握手をしてくれ」

というわけだ。

お父さんは、きたない手だが、一本ずつ握った。たくさんの手と握手するうちに、手を通じて土人の魂が入りこんでくるのだろう、お父さんは、将来必ずここで暮らすのだ、という固い決意になってゆくのをどうすることもできなかった。

「あう」

運転手が奇声を発すると同時に、車は動き出した。

「うわーっ」

と歓声のようなどよめきが起った。別れをおしむ土の人の声だ。

自然の風土に恵まれた、土の人ののびやかな生活、これこそ我々が幸福と呼んでいる生活ではないだろうか、と思いながらお父さんは、「小さな天国」をあとにした。高いパンの木には、実が鈴のようになっていた。

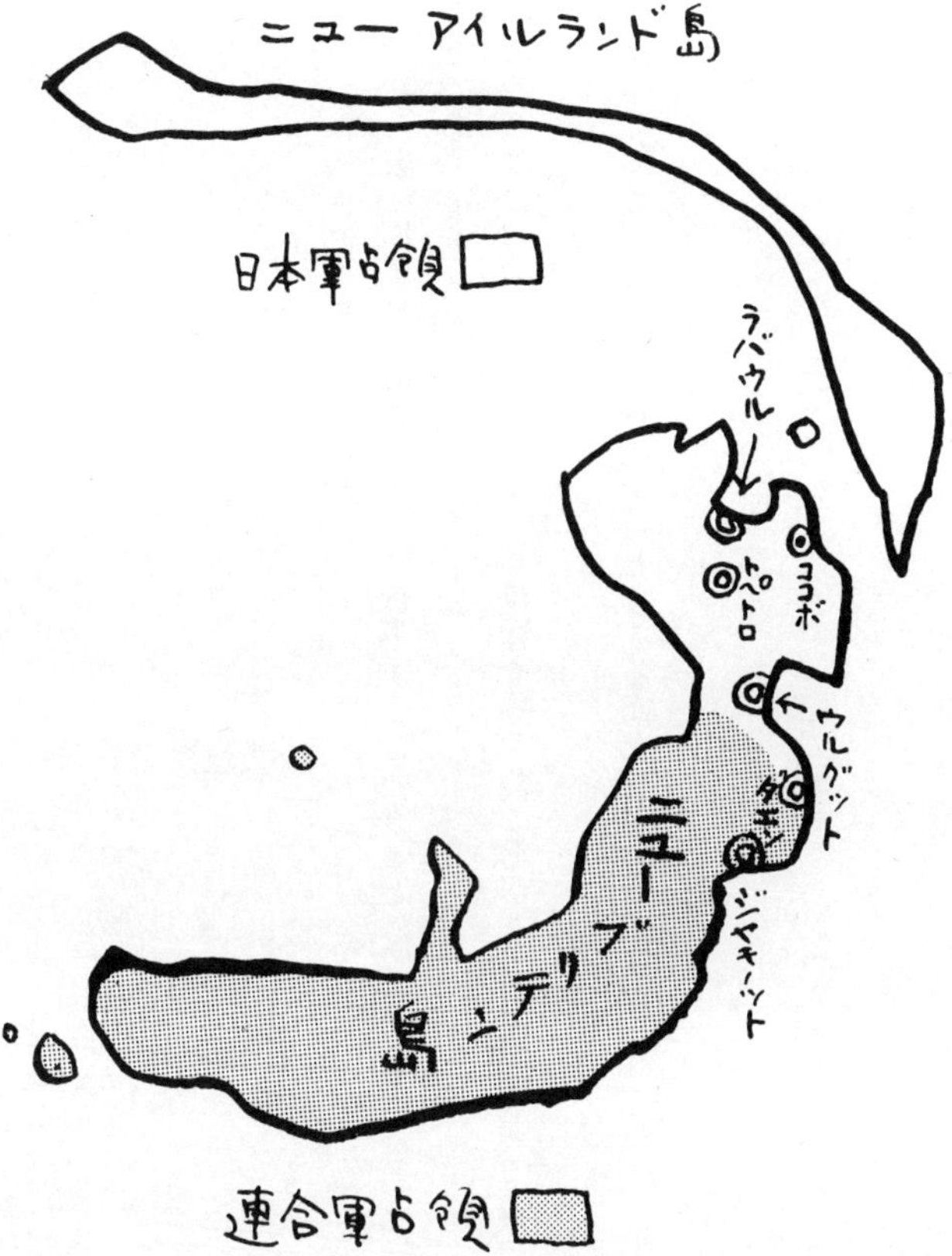

ニュー アイルランド島
日本軍占領
ラバウル
ココポ
トベロ
ウルグット
タキン
ジャキノット
ニューブリテン島
連合軍占領

# あとがき

それから何回も行くようになった。

彼らの家に泊まり、彼らとともに食事するということは、どうやら彼らには大変な喜びであったようだ。

ぼくがエプペのところへ行って、夜遅く帰ったことがあったが、トペトロはキゲンが悪いのだ。

「夜中に道で頭でもなぐられたらどうするんだ」というわけ。

「ポリスがいる」

トペトロの近くにポリスの宿舎があった。

「バカなことというな。真っ暗なところで、石で頭なぐられたらおしまいだ」

というわけだ。

考えてみれば、日本兵に殺された現地人もたくさんいたわけだから、危ないといえば危ないが、ぼくはぜんぜん気づかなかった。

今頃になってわかったんだが（ぼくは当時バカだった）、ぼくの寝るところに、なんと黒い若者が十五、六人寝ていたのだ。

ぼくは小便にゆく時によく踏みつけて、

「ばかにやわらかい床だなア」

とねぼけて、外で小便したが、月夜で見ると、黒い肉体だった。踏まれたほうも、「あっ」とか「キャッ」とかいえばいいのに、熟睡というやつだろう、少しもいびきが乱れなかった。

ぼくはそんなことに感心しながら、ボーフラコーヒー（コーヒーの中にボーフラの煮たのがまざっていた）を飲みながら一人でニヤニヤしていた。

トペトロが身の安全を考えて、ぼくのまわりに常に若い者を配置していたのだ。

あとで聞いたことだが、五、六人の現地人が、夜、意味もなくやってきたら、トペトロの一喝《いっかつ》で帰ったという。

ぼくは普段のこと（すなわち妖怪以外のこと）には本当にバカだったから、そういうことがすべてぼくの身を守るためのことだったということを、ぜんぜん気づかなかった。

まあ、日常生活が忙しすぎるということもあるが、ぼくが四年ほど前に中型トラックを買ってやった時も、

「長年のサービスがやっとかえってきた」

という、奇妙なセリフをいう。

おかしなことだなア、といろいろ考えてみると、トペトロの家に泊まる時、なんとビタ一文払ったことがなかった。

すなわち、土人（土の人、すなわち大地から生れた尊敬すべき人）だから、物なんか気にしないという、奇妙な解釈をしていたためだ。

やはり少しタリナカッタようだ。すなわち普通の人が気づくことに気づかないのだ。

そしてやたらに要求ばかりしていた。

「トンブアナという神様を日本にもってかえりたい」とか、ポコポコという踊りに使う彫刻をもってかえりたいとか、一文も出さずにいうのだ。

トペトロはなにもいわずに要求に応えてくれた。

　トペトロの妻が遠慮がちに、

「ラプラプ（腰巻《こしまき》）がほしい」

といっても、

「日本にそんなものない」

といって送らなかった（ポマードとか目薬みたいなものは送った）。

　しかし、村の人もトペトロも、とても親切だった。

　それは過去のあの少年時代というのか、青春というのか、その初めて出会った奇妙な時期が、なんだかわけが分からないが、とても楽しかったのだ。

　ぼくも同様に彼らの昔のことを、会えば思い出していた。

　それはお互いに一言も口に出さなかったが、意味もなく楽しい時期だったのだ。

　そういう奇妙な楽しさみたいなものが、お互いにあって、たいして言葉も通じないのに何回も行っては面白がっていたわけだ（ぼくは面白がり詩人だったのだ）。

　むこうも奇妙に思いながらも、〝面白い〟と思っていたのだろう。そこらじゅうの土人と友だちになっていた。

　ぼくは人間だけれども、少し違う人間というので、それをとても面白がったのだ。

だから彼らのいろいろなしぐさとか生活ぶりを見ているだけで、不可思議な気持になり、〝人間〟っていうのは、随分《ずいぶん》いろいろなのがいるもんだなアと、自問自答しながら頭の中で楽しんでいた。

むこう（土人側）は、どう思っていたのかよく分からないが、多分普通でないと思っていただろうが、そのお互いのアンバランスが更にこの交際を奇妙な楽しさに変えたのかもしれない。

トライ族だけではない。外の人々も面白い。ぼくは異邦人を観察するのが好きなんだ。

時の経つのは早いもので、「お父さんの戦記」を書いたのは、二十年近く前ということになるが、それにしてもぼくは予定（六十五歳位で死ぬと思っていた）よりもよく生きのびたものだ。

あれから十八年目、すなわち、平成四年だったたか、かんじんのトペトロが、突然、死亡する。

「すぐ来い」という手紙がきたが、すぐにゆけず一年後にゆくと葬式は二年後だという。

何故二年後なのかよく考えてみるとどうも金がないらしい。

すなわち、彼らの葬式は葬式に参加した人たちにたくさんふるまわねばならんわけだ。

トペトロみたいな大酋長《だいしゅうちょう》になればあまり貧弱なことも出来ない、ということらしい。トペトロは生前母が死んだ時金を使い果した（金といっても貝の金だが……）といっていたからあまりないのだろう。

子供は、男が四人ばかりと女のエパロムが一人で計五人だが、長男で運転手をしていたのは、交通事故で亡くなったからいまは男三人と女一人だ。

彼らとてもあまり金はないらしい。第一働き口も皆無に近い。もっぱら畑で芋を作るしかない。

タミという名の子供(トペトロの三男)が健康だし力も強いので長男の役をしている。

タミは、ぼくをみると叫んだ。

「昨夜、なんと親父がポコポコ（祭りに使うほりもの）をもって現われ、パウロ（ぼくの土人名）が来るからねんごろにもてなすようにという知らせがあった」といって目をキョロキョロさして興奮するのだった。

それまで親父の夢はみたこともなかったという。

ぼくはポコポコといわれ「はっ」とした。それは十年位前の出来事だったが、そのポコポコこそは、ぼくが日本へかえる前日に、踊りの神である〝トンブアナ〟を日本に持ってかえりたいといったところ、

「神をもってかえらせるわけにはゆかないがポコポコとして持ってかえることはできるだろう」

ということだった。

トペトロのエライところは、すぐさま製作にかかったことだ。

というのは、早くしないと、明日出発する飛行機に間に合わないのだ。

トペトロと義弟のトマリルは協力してやって出発の一時間前に作ったものだった。

ぼくはそのポコポコを長い間部屋にかざっていたから（形が面白いので）よけい印象深いものだった。

トペトロがポコポコをもって現われたときいて死後〝霊〟になったトペトロが何かの方法でタミに指示したとしか思えなかった。

すなわち、ポコポコは、一番強いうったえる力をもっているわけだ（ぼくとトペトロの間では）。

そういうものを選んで夢に現われるというのは、やはり〝霊〟が存在する、としかぼくには考えられなかった。

すなわち、彼等の神トンブアナは死後の世界にあり、この生者の世界をじっと見て見守っているようだった。

彼等は〝修業〟によってより高い目で人生とか自然を見るというのがどうも目標《もくひょう》らしい。

いずれにしても、長女と二人で訪れたのだが「葬式がない」というので、仕方なく二年後に来るからといって別れた。

二年後の葬式は、本当だろうと思って疑わなかった。

元ラバウル市長のパイプ氏は、市長といっても村長みたいなもんだが、「一度きいてみた方がいい」というので、パイプ氏にきいてもらうことにした。

それによると、

「そんなものはない」

という話だった。おどろいて、あくる日行ってみると、「お前が来るとは知らなかった」といってバカに元気がない。

パイブ氏は「お前がお金出すならわしがなんとかしていい葬式をしてやる」というのでぼくは、葬式ということで雑誌の記者なんかまで連れてきていたから格好がつかない。

「お金は出すからたのむ」

ということでパイブ氏の大活躍となる。

即ち、葬式に必要なブタはどこにあるとか、みんなに分けあたえる品物はどうそろえるとか、何よりも彼らの神トンブアナに一面識もない異邦人（五、六人いた）を、トンブアナに紹介するための臨時の家屋の設定とかいろいろとあった。

あくる日、我々は、黒いシャツに黒ラプラプ（腰巻）という形で登場《とうじょう》し、トンブアナに秘密の家で面接し、葬式に参加する許可《きょか》をもらい、いよいよ葬式となったが誰もいない。

ぼくは仕方なく、

「彼らと交際しているとよくこういうことがあるんです」

「なんのことです」

「いや、どうしていいか分からんようなことがよくおこるんです」

と話してると、タミがきて、

「パウロ、お前、なにしてるんだ。みんな墓場でまってるぞ」

というわけ。

どうやら、墓場から葬式は始まるらしい。

「トペトロのような正しい行いをしていると天国にゆける」という牧師の代理の話が終ると、歌を歌い、いろいろな食物を配られる。すなわち、食べろというわけ。

「なーんだこれで終ったのか」

と思っていると、本番はこれからだった。

トペトロの家の前に品物が山ほど積まれ、それを参加者に配ると、カチカチという音と共に踊りが始まった。

何十人という踊り手に何十人という太鼓《たいこ》たたきがつく、一つの種類の踊りが終るとつぎの踊りというわけ、最後にトンブアナが出てきて踊る。

その時、黒の喪服《もふく》を着た我々は、踊り手とか、太鼓たたきに彼らの貝の金を切って渡さなければいけなかった。

踊りの見物人は、千人近くも集まり、パウロの名前はいやが上にもあがった、というわけだ。

パウロとしても、南の人たちになにかためになるようなことをしようかと考えたこともあった。幼稚園、民俗博物館などいろいろ考えてみたが、一長一短ありで、実現の運びにもならないうちにトペトロの死となり、葬式となったわけだが、その後、どうしたわけかラバウルの大噴火《ふんか》でパイブ氏に連絡をとろうとしたが通じない。

かなりな被害のようなのだ。

というようなことで、トペトロとの長い交際は終った。

戦争もお互いに「面白い連中が地球にはいるもんだなア」という交際のきっかけだった。

それにエプペとか村の人も親切だったから戦後、再び、訪れてみる気持になったわけだが、あの戦争中の〝少年〟とこんなに長くつきあうとは思ってもみなかった。

すべて、めぐりあわせというやつだろう。

一九九五年三月一八日

水木しげる

本書は一九九五年に刊行された『水木しげるの娘に語るお父さんの戦記』（親本は一九八五年弊社刊『娘に語るお父さんの戦記』／増補改訂・改題の上、文庫化）を改題・新装版として刊行したものです。

作品中、今日では差別的表現と思われる語句が一部ございますが、著者に差別的意図はないことと、作品が発表された当時の時代性を鑑み、底本通りとしました。

娘《むすめ》に語《かた》るお父《とう》さんの戦記《せんき》
小《ちい》さな天国《てんごく》の話《はなし》

二〇二二年 七 月二〇日 初版印刷
二〇二二年 七 月三〇日 初版発行

著 者 水木《みずき》しげる
発行者 小野寺優
発行所 株式会社河出書房新社
〒一五一－〇〇五一
東京都渋谷区千駄ヶ谷二－三二－二
電話〇三－三四〇四－八六一一（編集）
〇三－三四〇四－一二〇一（営業）
https://www.kawade.co.jp/

ロゴ・表紙デザイン 粟津潔
本文フォーマット 佐々木暁
印刷・製本 中央精版印刷株式会社

落丁本・乱丁本はおとりかえいたします。
本書のコピー、スキャン、デジタル化等の無断複製は著作権法上での例外を除き禁じられています。本書を代行業者等の第三者に依頼してスキャンやデジタル化することは、いかなる場合も著作権法違反となります。
©Mizuki Productions
Printed in Japan ISBN978-4-309-41906-0

## 妖怪になりたい

水木しげる　40694-7

ひとりだけ落第したのはなぜだったのか？　生まれ変わりは本当なのか？　そしてつげ義春や池上遼一とはいつ出会ったのか？　深くて魅力的な水木しげるのエッセイを集成したファン待望の一冊。

## なまけものになりたい

水木しげる　40695-4

なまけものは人間の至高のすがた。浮世のことを語っても、この世の煩わしさから解き放ってくれる摩訶不思議な水木しげるの散文の世界。『妖怪になりたい』に続く幻のエッセイ集成。水木版マンガの書き方も収録。

## 大日本帝国最後の四か月

迫水久常　41387-7

昭和二〇年四月鈴木貫太郎内閣発足。それは八・一五に至る激動の四か月の始まりだった——。対ソ和平工作、ポツダム宣言受諾、終戦の詔勅草案作成、近衛兵クーデター……内閣書記官長が克明に綴った終戦。

## 満州帝国

太平洋戦争研究会〔編著〕　40770-8

清朝の廃帝溥儀を擁して日本が中国東北の地に築いた巨大国家、満州帝国。「王道楽土・五族協和」の旗印の下に展開された野望と悲劇の四十年。前史から崩壊に至る全史を克明に描いた決定版。図版多数収録。

## 太平洋戦争全史

太平洋戦争研究会　池田清〔編〕　40805-7

膨大な破壊と殺戮の悲劇はなぜ起こり、どのような戦いが繰り広げられたか——太平洋戦争の全貌を豊富な写真とともに描く決定版。現代もなお日本人が問い続け、問われ続ける問題は何かを考えるための好著。

## 特攻

太平洋戦争研究会〔編〕　森山康平　40848-4

起死回生の戦法が、なぜ「必死体当たり特攻」だったのか。二十歳前後の五千八百余名にのぼる若い特攻戦死者はいかに闘い、散っていったのかを、秘話や全戦果などを織り交ぜながら描く、その壮絶な全貌。

## 日中戦争の全貌

太平洋戦争研究会〔編〕　森山康平　40858-3

兵力三百万を投入し、大陸全域を戦場にして泥沼の戦いを続けた日中戦争の全貌を詳細に追った決定版。盧溝橋事件から南京、武漢、広東の攻略へと際限なく進軍した大陸戦を知る最適な入門書。

## 第二次世界大戦 1·2·3·4

W·S·チャーチル　佐藤亮一〔訳〕　46213-4　46214-1　46215-8　46216-5

強力な統率力と強靱な抵抗精神でイギリス国民を指導し、第二次世界大戦を勝利に導き、戦時政治家としては屈指の能力を発揮したチャーチル。抜群の記憶力と鮮やかな筆致で、本書はノーベル文学賞を受賞。

## 日本人の死生観

吉野裕子　41358-7

古代日本人は木や山を蛇に見立てて神とした。生誕は蛇から人への変身であり、死は人から蛇への変身であった……神道の底流をなす蛇信仰の核心に迫り、日本の神イメージを一変させる吉野民俗学の代表作！

## 戦場から生きのびて

イシメール·ベア　忠平美幸〔訳〕　46463-3

ぼくの現実はいつも「殺すか殺されるかだった」。十二歳から十五歳までシエラレオネの激しい内戦を戦った少年兵士が、ついに立ち直るまでの衝撃的な体験を世界で初めて書いた感動の物語。

## 私はガス室の「特殊任務」をしていた

シュロモ·ヴェネツィア　鳥取絹子〔訳〕　46470-1

アウシュヴィッツ収容所で殺されたユダヤ人同胞たちをガス室から搬出し、焼却棟でその遺体を焼く仕事を強制された特殊任務部隊があった。生き残った著者がその惨劇を克明に語る衝撃の書。

## ポロポロ

田中小実昌　40717-3

父の開いていた祈禱会では、みんなポロポロという言葉にならない祈りをさけんだり、つぶやいたりしていた——表題作「ポロポロ」の他、中国戦線での過酷な体験を描いた連作。谷崎潤一郎賞受賞作。

## 戦後史入門

成田龍一　41382-2

「戦後」を学ぶには、まずこの一冊から！　占領、55年体制、高度経済成長、バブル、沖縄や在日コリアンから見た戦後、そして今——これだけは知っておきたい重要ポイントがわかる新しい歴史入門。

## アメリカに潰された政治家たち

孫崎享　41815-5

日本の戦後対米史は、追従の外交・政治史である。なぜ、ここに描かれた政治家はアメリカによって消されたのか。沖縄と中国問題から、官僚、検察、マスコミも含めて考える。岸信介、田中角栄、小沢一郎…。

## 私の戦後追想

澁澤龍彥　41160-6

記憶の底から拾い上げた戦中戦後のエピソードをはじめ、最後の病床期まで、好奇心に満ち、乾いた筆致でユーモラスに書かれた体験談の数々。『私の少年時代』に続くオリジナル編集の自伝的エッセイ集。

## ミツコと七人の子供たち

シュミット村木眞寿美　40952-8

黒い瞳の伯爵夫人、パン・ヨーロッパの母と称されるクーデンホーフ光子。東京の町娘がいかにして伯爵家に嫁いだか、両大戦の激動の歴史に翻弄されながらどのように七人の子を育てたか、波乱の生涯を追う。

## その日の墨

篠田桃紅　41335-8

筆との出会い、墨との出会い。戦争中の疎開先での暮らしから、戦後の療養生活を経て、墨から始めて国際的抽象美術家に至る、代表作となった半生の記。

## 昭和を生きて来た

山田太一　41442-3

平成の今、日本は「がらり」と変ってしまうのではないか？　そのような恐れも胸に、昭和の日本や家族を振りかえる。戦争の記憶を失わない世代にして未来志向者である名脚本家の名エッセイ。

## 無言館　戦没画学生たちの青春

窪島誠一郎　41604-5

戦時中に出征し戦死した画学生たちの作品を収集展示する美術館——「無言館」。設立のきっかけや日本中の遺族を訪ね歩き、思い出話を聞きながら遺作を預かる巡礼の旅を描く。

## ヨコハマメリー

中村高寛　41765-3

1995年冬、伊勢佐木町から忽然と姿を消した白塗りの老娼ヨコハマメリーは何者だったのか？　徹底した取材から明かされる彼女の生涯と、戦後横浜の真実をスリリングに描くノンフィクション。

## 宮武外骨伝

吉野孝雄　41135-4

あらためて、いま外骨！　明治から昭和を通じて活躍した過激な反権力のジャーナリスト、外骨。百二十以上の雑誌書籍を発行、罰金発禁二十九回に及ぶ怪物ぶり。最も信頼できる評伝を待望の新装新版で。

## 複眼で見よ

本田靖春　41712-7

戦後を代表するジャーナリストが遺した、ジャーナリズム論とルポルタージュ傑作選。権力と慣例と差別に抗った眼識が、現代にも響き渡る。今こそ読むべき、豊穣な感知でえぐりとった記録。

## 伝説の編集者　坂本一亀とその時代

田邊園子　41600-7

戦後の新たな才能を次々と世に送り出した編集者・坂本一亀は戦後日本に何を問うたのか？　妥協なき精神で作家と文学に対峙し、〈戦後〉という時代を作った編集者の軌跡に迫る評伝の決定版。

## 皇室の祭祀と生きて

髙谷朝子　41518-5

戦中に十九歳で拝命してから、混乱の戦後、今上陛下御成婚、昭和天皇崩御、即位の礼など、激動の時代を「祈り」で生き抜いた著者が、数奇な生涯とベールに包まれた「宮中祭祀」の日々を綴る。

## 人生という旅

小檜山博　41219-1

極寒極貧の北の原野に生れ育ち、苦悩と挫折にまみれた青春時代。見果てぬ夢に、くじけそうな心を支えてくれたのは、いつも人の優しさだった。この世に温もりがある限り、人生は光り輝く。感動のエッセイ！

## チッソは私であった

緒方正人　41784-4

水俣病患者認定運動の最前線で闘った緒方は、なぜ、認定申請を取り下げ、加害者を赦したのか？　水俣病を「文明の罪」として背負い直した先に浮かび上がる真の救済を描いた伝説的名著、待望の文庫化。

## 連合赤軍　浅間山荘事件の真実

久能靖　41824-7

日本中を震撼させた浅間山荘事件から50年。中継現場から実況放送した著者による、突入までの息詰まる日々と事件の全貌をメディアの視点で描く。犯人の証言などを追加した増補版。

## 樺美智子、安保闘争に斃れた東大生

江刺昭子　41755-4

60年安保闘争に斃れた東大生・ヒロインの死の真相は何だったのか。国会議事堂に突入し22歳で死去し、悲劇のヒロインとして伝説化していった彼女の実像に迫った渾身のノンフィクション。

## 日航123便　墜落の新事実

青山透子　41750-9

墜落現場の特定と救助はなぜ遅れたのか。目撃された戦闘機の追尾と赤い物体。仲間を失った元客室乗務員が執念で解き明かす渾身のノンフィクション。ベストセラー、待望の文庫化。事故ではなく事件なのか？

## 日航123便墜落　疑惑のはじまり

青山透子　41827-8

関係者への徹底した取材から墜落の事件性が浮上する！ベストセラー『日航123便墜落の新事実』の原点にして渾身のヒューマンドラマ、待望の文庫化。

## 絶望読書

頭木弘樹　41647-2

まだ立ち直れそうにない絶望の期間を、どうやって過ごせばいいのか？　いま悲しみの最中にいる人に、いつかの非常時へ備える人に、知っていてほしい絶望に寄り添う物語の効用と、命綱としての読書案内。

## とむらい師たち

野坂昭如　41537-6

死者の顔が持つ迫力に魅了された男・ガンめん。葬儀の産業化に狂奔する男・ジャッカン。大阪を舞台に、とむらい師たちの愚行と奮闘を通じ「生」の根源を描く表題作のほか、初期代表作を収録。

## 帰ってきたヒトラー　上

ティムール・ヴェルメシュ　森内薫〔訳〕　46422-0

2015年にドイツで封切られ240万人を動員した本書の映画がついに日本公開！　本国で250万部を売り上げ、42言語に翻訳されたベストセラーの文庫化。現代に甦ったヒトラーが巻き起こす喜劇とは？

## 帰ってきたヒトラー　下

ティムール・ヴェルメシュ　森内薫〔訳〕　46423-7

ヒトラーが突如、現代に甦った！　抱腹絶倒、危険な笑いで賛否両論を巻き起こした問題作。本書原作の映画がついに日本公開！　本国で250万部を売り上げ、42言語に翻訳されたベストセラーの文庫化。

## ギャグ・マンガのヒミツなのだ！

赤塚不二夫　41588-8

おそ松くん、バカボン、イヤミ……あのギャグ・ヒーローたちはいかにして生まれたのか？　「ギャグ漫画の王様」赤塚不二夫が自身のギャグ・マンガのヒミツを明かした、至高のギャグ論エッセイ！

## 辺境を歩いた人々

宮本常一　41619-9

江戸後期から戦前まで、辺境を民俗調査した、民俗学の先駆者とも言える四人の先達の仕事と生涯。千島、蝦夷地から沖縄、先島諸島まで。近藤富蔵、菅江真澄、松浦武四郎、笹森儀助。

## お楽しみはこれもなのじゃ

みなもと太郎　41854-4

ギャグ大河漫画『風雲児たち』の作者にして天下無比の漫画研究家、みなもと太郎による伝説の漫画エッセイ集。膨大な作品をとりあげながら、漫画の魅力をイラストとともに語る、漫画史に輝く名著。

## 思い出を切りぬくとき

萩尾望都　40987-0

萩尾望都、漫画家生活四十周年記念。二十代の頃に書いた幻の作品、唯一のエッセイ集。貴重なイラストも多数掲載。姉への想い・作品の裏話など、萩尾望都の思想の源泉を感じ取れます。

## 美しの神の伝え

萩尾望都　41553-6

一九七七〜八〇年「奇想天外」に発表したＳＦ小説十一編に加え、単行本未収録の二作「クリシュナの季節」＆マンガ「いたずららくがき」も特別収録。異世界へ導かれる全十六編。

## 花咲く乙女たちのキンピラゴボウ　前篇

橋本治　41391-4

読み返すたびに泣いてしまう。読者の思いと考えを、これほど的確に言葉にしてくれた少女漫画評論は、ほかに知らない。——三浦しをん。少女マンガが初めて論じられた伝説の名著！　書き下ろし自作解説。

## 花咲く乙女たちのキンピラゴボウ　後篇

橋本治　41392-1

大島弓子、萩尾望都、山岸涼子、陸奥A子……「少女マンガ」がはじめて公で論じられた、伝説の名評論集が待望の復刊！　三浦しをん氏絶賛！

## 永井豪のヴィンテージ漫画館

永井豪　41398-3

『デビルマン』『マジンガーＺ』『キューティーハニー』『けっこう仮面』他、数々の名作誕生の舞台裏を、天才漫画家が自らエッセイ漫画と文章で自在に語る。単行本版未収録インタビュー他を追加収録。

著訳者名の後の数字はISBNコードです。頭に「978-4-309」を付け、お近くの書店にてご注文下さい。